· 衛斯理小說典藏版 76 ·

鬼混

衛斯理
親自演繹衛斯理

《鬼混》

新之又新的序言，最新的

衛斯理小説從第一次出版至今，歷時已近半世紀，總共出了多少正版，還能計得清，若是連盜版一起算，那就算找外星人來算，也算勿清楚哉！不知能不能也算世界紀錄。

算得清好，算勿清也好，能幾十年來不斷出新版，説明不斷有讀者加入，對作者來説，沒有更值得高興的事了，謝謝所有喜歡衛斯理的人，謝謝謝謝。

二〇二〇年六月四日 香港

幾句話

寫了四十多年小說，論者將拙作分為三個時期：早、中、晚。在明窗出版的一批，屬於早期和中期的上半。三個時期的創作風格有相當程度的不同，所以風評不一。本人並無偏愛，但讀友對早期的作品，頗有好評，大抵是由於在早、中期作品之中，主要人物精力充沛，活力無窮，所以使故事曲折多變，小說也就格外吸引。明窗出版社此次重新出版這批作品，正好讓大家來證明這一點。

四十餘年來，新舊讀友不絕，若因此而能有新讀友，不亦快哉！

二〇〇五年十一月六日

序言

很多喜歡看衛斯理故事的朋友都說：你的每一個故事之中，都有一定的想表現的主題。

答：是，多少有一點，雖然說一直在說：文可以不載道，但有載道的機會，不妨也載上多少，總以不妨礙小說的好看程度為準則。會看的，看得出門道來，不會看的，只看熱鬧可也。

那麼，《鬼混》這個故事的主題是什麼呢，看來，這只不過是一個講述離奇的降頭術的故事，緊張熱鬧，十分有趣，只是一個「純故事」，並無主題。

可是，真是大有主題，而且一早就刻意安排，整個故事的中心思想是：被實用科學認為絕無可能的一些異象，千真萬確地存在着。中國異人張寶勝的種種異能，無一不把現代人類實用科學踐踏於腳底，簡直可以宣布現代實用科學的死亡！

這是地球人在所謂科學觀念上的大衝擊，所以借行之已久，但被科學認為荒誕的降頭術，來發揮這一點。

還是囿於實用科學的觀點，在寫到史奈大師出現之際，不敢寫他穿門而過，而張寶勝就有這異能。

幻想小說的內容，竟不及事實，算不算一大諷刺呢？

衛斯理（倪匡）

一九八八年七月廿八日

目錄

目錄

第一部

重要人物被兇殺

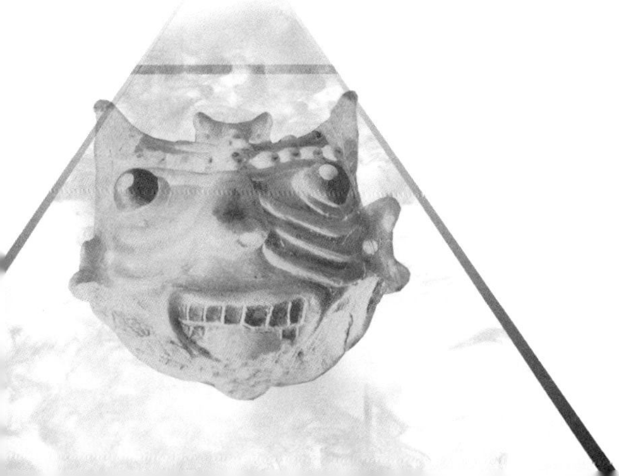

這一件怪事，有兩個人親身經歷。

可是，兩個人所說的，卻又絕不相同。

這就令得怪事變得怪上加怪。

不是想把事情拖慢來說，而是事實上，若不是從頭說起，反倒不容易明白，只有愈看愈心急，倒不如從一開始說起，比較容易明白。

首先，從溫寶裕離開說起。

不管溫寶裕多麼不滿意，他還是陪着他的母親去旅行。在臨走之前，他一面愁眉苦臉，一面又興高采烈，到處找人介紹目的地的熟人給他。其中包括要原振俠醫生介紹史奈大降頭師，要我介紹被我譽為東南亞第一奇人的青龍，等等。

雖然人人告訴他，他想見的那些人，都行蹤不定，而且，不見得很喜歡見外人，而且，也提醒他，他和他母親在一起，那些人，個個身分古怪，和許多詭異神秘的事聯在一起，任何一個，被本來就性格大驚小怪、誇張莫名的溫太太知道了他們的來歷，只怕早超過了肥胖標準的溫太太會受不了這種刺激。

可是溫寶裕一意孤行，他大聲抗議：「雖然說陪母親去旅行，是做兒子的責任，但做兒子的至少也應該有權找一點快樂，不然，做兒子的在整個旅程之中都悶悶不樂，母親怎會高興？」

大家都很喜歡溫寶裕，聽他講得那麼可憐，自然也只好盡量滿足他的要求。平日一直和他在鬥嘴的良辰美景，甚至在聽他說得可憐時，提出來：「如果需要，我們可以跟了去保護你。」

她們的提議，令得溫寶裕長嘆一聲：「不必了吧，一個女人已經夠麻煩了。」良辰美景本待大怒，可是溫寶裕愁眉苦臉的神情，又十分令人同情，所以她們也就只好鼓了氣不出聲。

溫寶裕一走，連帶我的屋子，也靜了下來，不然，他幾乎每天都來大放厥詞一番，也夠吵耳的。

第四天，我和白素在閒談，白素忽然笑了起來：「溫家母子不知相處得怎樣？」

我笑道：「放心，小寶其實很有分寸，不會做太過分的事，他想見的那些人，我看一個也不會見到，等他回來之後，多半可以聽到他說他母親見到了人妖就昏過去的故事，真要是見到了降頭師，那會是悲劇了。」

白素忽然搖了搖頭：「真可惜，溫太太實在是一個美人，不過真的太胖了。」

（我們在這樣說的時候，絕想不到，若不是溫太太的體重，這宗怪事可能不是那樣發生的。）

（我們全無目的地閒談，卻又和遠在千里之外發生的事有聯繫，說宇宙萬事萬物，都有看不見摸不着的聯繫，看來真有點道理。）

我想到最近一次見到這位溫家三少奶的情形，也不禁搖頭：「早幾年，如果她肯下決心，還有得救，現在，看來她有決心爭取成為中國最胖的女人了。」

正說着，電話忽然響了起來，白素先拿起電話來聽，一聽之下，神情就古怪之極，我立時坐直身子——看到白素這種神情，我就知道一定有什麼不尋常的事發生了。白素已把電話遞給我，同時壓低了聲音：「某地警察局打來的。」

我也嚇了一跳，我們正在談論溫家母子，他們正在某地，某地的警局就來了電話，這說明了什麼？

我接過電話，就聽到了一個相當急促的聲音：「衛斯理先生？我是陳耳，曾經見過你，青龍介紹過我。」

我迅速轉着念，立刻想起了這個人來——和這個人的相識過程，是另外一個故事，和這個故事全然無關，反正不必提起。陳耳是一個高級警官，在該地的警界的地位相當高，曾有一個時期，是該國王室要人的衛隊的負責人。

他高大，黝黑，漂亮，在槍法和武技上，都有過人的造詣，而且精明靈活，是最值得相識結交的一類人，我只見過他一次，就對他印象十分深刻。

所以我忙道：「陳警官，有什麼事？」

陳耳立即道：「有一個青年人，叫溫寶裕，他說是你的朋友？」

我在接過電話的同時，按下了一個掣鈕，所以白素也可以聽到陳耳的聲音。一聽到陳耳那麼說，我和白素互望一眼，神情苦澀，心中所想到的是：糟糕，小寶闖禍了。

在那個國家那種地方，有許多風俗上的禁忌，在別的地方，是微不足道的小事，在那裏，就可能是彌天大禍，所以我和白素都十分焦急。

我忙道：「是，是好朋友，他……怎麼了？」

陳耳卻沒有回答我的問題，又道：「那麼，他說的話，可以相信？」

我呆了一呆，這個問題，卻不好回答。我和溫寶裕之間，有着深厚的感情，毫無疑問，但是那並不代表任何人都可以相信溫寶裕所說的話，溫寶裕有時胡說八道起來，簡直是誰相信了他所說的一個字，誰都會倒霉。

我遲疑了一下，陳耳已急不及待：「他說的話，不是很靠得住？」

我嘆了一聲：「那要看什麼情形。不過他不論做了什麼，或者你們認為他闖了禍，他都不會是一個故意破壞法律的人。」

陳耳沉吟了極短時間：「事情有點怪，這位溫先生和一個極胖的女人在一起，在事情發生之後，警方有需要溫先生協助之處，那個胖女人卻在警署尖叫，她要是再叫下去，我們這裏所有的玻璃，都要被震碎了。」

陳耳才講到這裏，在電話中，就傳來了一下刺耳之極的尖叫聲——我一點也不以為陳耳的形容誇張，因為我也要以極快的反應，把電話的聽筒拿開，以免這種尖叫聲，傷害到我的聽覺器官。

我心中又是焦急，又覺得十分滑稽，母子二人旅行，竟然會演出大鬧警署的活劇，唯恐天下不亂的溫寶裕，這時應該大感刺激了吧。

我急急道：「究竟發生了什麼事，請你簡單明瞭告訴我，同時，我建議，給溫女士服食或注射適量的鎮靜劑。」

陳耳苦笑：「衛先生，事情真的無法在電話裏說得明白，最好你能來一次。」

我悶哼一聲：「這算什麼要求？」

出乎意料之外，我突然聽到了溫寶裕的聲音，他先對我說：「求求你，你真的要來一次。」然後，他又提高了聲音，當然是在對他母親說：「媽，你別再尖叫好不好？再叫下去，我們怕一輩子也離不開這裏了。」

情形十分紊亂，可以推測的是，溫家母子都在警局，而且看來並沒有失去自由，只不過發生了一些意外，需要他們留在警局，溫女士是托大慣了的，自然用尖叫表示不滿和抗議，為了這種情形，我自然沒有必要去見他們。

正當我要一口拒絕時，陳耳又道：「衛先生，溫先生目擊了……或者說經歷了一宗兇殺案，案中的死者，是一個重要的人物——」

他說到這裏，壓低了聲音，說出了一個人的名字來，而且還有這個人的頭銜。

我一聽之下，就呆了一呆，向白素望去，看到她和我一樣，皺着眉，在那一刹那間，我們都知道，事情十分麻煩了。

那個人的名字和頭銜，不是很方便照實寫出來。而且，就算寫出來，在別的地方，人家也未必知道這是什麼人。只有在指定的環境、特殊的勢力範圍之內，這個人才是頭等重要人物，離開了這個特殊環境，他也只不過是一個豪富而已，不會有什麼特殊的勢力。

聽起來仍然很含糊？但也只能這樣，只要略想一想，這個人是什麼身分，也就很容易明白。

總之，這個重要人物出了事，必然會有很多人，跟着莫名其妙倒霉。陳耳剛才說什麼？說溫寶裕「經歷了一件兇殺案」，這事可大可小，看來我真得走一次了。

由於這個死者的地位是如此特殊重要，溫寶裕的母親看來除了尖叫之外，不會有別的辦法，那裏的文明程度，在世界各地排名，大抵不會在前三名之內，弄得不好，真可能如溫寶裕對他母親所說的那樣，一輩子都離不開了。

我一想到這裏，不禁緊張起來，忙道：「陳警官，溫寶裕會被懷疑和兇殺事件有關？」

陳耳的回答十分模糊：「他一直不肯講實話，這使我們很為難。衛先生，他一說和你是好朋友，我已經盡量幫他。」

陳耳道：「可是你知道，死者的地位如此重要，就算我是全國警察總監，都沒有辦法一直幫他下去，他要是落到了軍方的手裏——」

我聽到這裏，更是感到了一股寒意，忙叫了起來：「喂，你們那裏，應該有法律的。」

陳耳苦笑：「事關太重大，法律，怎能阻得住手握大權的人胡作胡為？」

陳耳說得再實在沒有，我鼻尖不由自主沁出汗來——小寶這回惹的麻煩實在太嚴重了。我看到白素向我作了一連串的手勢，我忙道：「請你叫溫寶裕來，我想和他講幾句話。」

在我這樣說的時候，我又聽到了一下尖銳無比的叫聲，和陳耳以憤怒無比的聲音在吼叫：「這胖女人要是再發出一下尖叫聲，就把她的嘴唇用釘子釘起來。」

同時，也聽到溫寶裕在抗議：「我當你是一個文明國家的警官，你怎麼能對一位有身分有地位的女士，發出這種野蠻卑鄙的恐嚇？」

陳耳喘着氣：「如果你能叫這位有身分有地位的女士，發出比較合乎她身分地位的聲音，我就允許你和衛斯理通話。」

溫寶裕嘆了一聲：「我不能，不過我仍然要和衛斯理講話。」

這時，我不知道陳耳採取了什麼措施，或許，他真的派人取了大針來，並且穿上了線，在溫女士的身邊伺候，因為接下來的時間裏，至少在電話裏沒有再聽到那種可怕的尖叫聲。

我聽到了溫寶裕的聲音，他一開口就道：「真倒霉，那個大胖子，就在我身邊中了箭，誰知道他是那麼重要的人物，這裏的人，全都像熱鍋上的螞蟻一樣了。」

我問：「究竟是怎麼一回事？」

溫寶裕大聲嘆氣，我也可以聽到他的重重頓足聲（或許是一拳打在什麼地方的聲音），他大聲道：「真的不明白，攪七捻三，一塌糊塗，事情複雜之至，求求你，還是來一次吧，這裏有理說不清，我明明什麼都照實說了，他們偏偏說我不合作。」

我迅速轉念，我要去，最快要六七小時才能到達，在這段時間中，誰知道會發生什麼事？我已想了幾個有勢力和有能力保護溫家母子的人物，我說得十分清楚：「小寶，你聽着，我盡快趕來。在我沒有到之前，你要堅持留在警局，要求陳耳警官保護你們的安全。要是軍隊方面，或是死者的私人衛隊想要你到他們手裏去，絕不能答應。」

我一口氣說到這裏，白素湊了過來：「如果有別方面的武裝力量一定要搶人，讓他們攻打警局好了，你也可以在混亂中逃走。」

白素一向遇事鎮定，不是大驚小怪的人，可是這時，她顯然十分清楚溫家母子的處境，極之危險，他被牽涉在一樁那麼重要的人物的兇殺案之中。

兇殺案可能有複雜之極的政治內幕和軍事陰謀，小則和一個國家的政權軍權的轉變有關，大則和整個東南亞、亞洲地區的形勢變化有影響。

在這種錯綜複雜的情形下，若是幕後的那種勢力，不想把事情擴大，那麼，通常的做法，就是隨便指一個人是兇手，然後再令這個「兇手」不明不白地死去，這種事，在西方，在東方，都曾發生過。

要是溫寶裕竟然成了這樣的犧牲者，那真是可怕之極了。

白素的話才住口，溫寶裕可能對他自己的處境之危險，還不是十分了解，居然還笑了一下：「我自己趁亂逃走容易，我母親她老人家的體型，我想不出有什麼方法可以令她在混亂中逃走。」

我叱道：「少廢話，你立刻請陳警官和該國儲君聯絡，一聯絡上了，再進一步聯絡史奈降頭師，請他們保護你，真要是變生不測，能保護你的，只有他們兩個了，你可以聲稱是原振俠醫生的好朋友。」

溫寶裕吸了一口氣，他也覺得事情相當嚴重了：「是，我知道，我身上還有原醫生給史奈大師的信。」

在這時，我聽得陳耳加了一句話：「天，你這小傢伙究竟是什麼來頭？怎麼天下的重要人物，你全都認識？」

我趁機提高了聲音：「陳警官，在我趕來之前，請你保護他們母子的安全，並且告訴所有想有不測行動的人，史奈大降頭師，必然會保護他們母子兩人。」

白素對我的話表示同意，連連點頭。我們都知道，若是有什麼陰謀詭計要實行，抬出太子、皇帝來，都未必可以阻止得住，但是再兇悍的人，在那裏，也不敢得罪一個降頭師，尤其是史奈大降頭師。

陳耳答應着，他又叮囑：「你要趕快來，事情真的很怪，怪得很。」

我苦笑：「我也不是解決怪事的專家，別把希望全寄託在我的身上。」

陳耳嘆了一聲：「要是你也解決不了，那不知怎麼才好了？」

他在說了這句話之後，忽然又說了兩句話，顯然不是對我說的，他說：「回答乃璞少將，這件事由警方處理，再告訴他，三個在場的人之中，最主要的一個是遊客，一個極不平常的遊客，是史奈大師的朋友。」

在聽他說了那幾句話之後，電話已掛上，我和白素互望了一眼，都知道那個「乃璞少將」必然不是等閒人物，可知軍方也已經開始行動了。

我向樓上奔去，一面向白素道：「聯絡機場，要是有班機快起飛，請通過任何卑鄙的手法，讓我可以搭上飛機，最快趕去。」

等我提着手提包下樓時，在白素的神情上，可以看出有好消息：「四十分鐘之後有班機起飛，你不必太趕路，大抵不會遲到。」

我拉了她的手，一起向外走去，通常，在這樣的情形下，都由她來駕車，以免我心急慌忙，會生意外。

一直到飛機起飛，都十分順利，當飛機在半空中時，副機長過來告訴我：「衛先生，你一到，就有高級警官接你，他們要我先通知你。」

我點了點頭，那年輕的副機師又盯了我幾眼，才試探着問：「你是大人物？」

我嘆了一聲：「小之又小，小到現在最大的願望，是不被一些蠢問題騷擾。」

副機師碰了釘子，紅着臉走了開去。

我一直心神不寧，雖然表面看來，我像是在閉目養神，可是思緒翻騰，不能寧貼。我不知道事情的經過情形究竟如何，雖然我已抬出了史奈大降頭師來——他的地位，相當於國師，要是小寶真的牽涉在內，一樣麻煩之極。

我更不明白的是，溫寶裕母子二人是遊客，遊客所到的地方，應該和軍政要人所去的地方，涇渭分明，互相不發生關係的。以死者地位之顯赫，出入至少有十個八個保鑣在保護，怎麼會那麼輕易被人兇殺？

我又想到，事情一定才發生，因為新聞傳播還未曾來得及報道，也或者是有鑒於死者地位顯赫，所以要暫時封鎖新聞？

而更使我憂慮的是，這種事，發生在理性文明的國度，雖然轟動，總還可以照現代文明的方式來解決，而在那個國家，傳統的、迷信、怪誕的、軍事的種種影響太多，事情會向哪一個方向發展，全然無法作出理性的預測和猜度。

才一下機，就有人高叫我的名字，停機坪旁的空地上，停着一輛警車，我的名字是用警車上的擴音設備叫出來的。我向警車走去，兩個警官跳卜車，迎向我，向我敬禮，態度十分恭敬。

等我上車之後，兩個警官才向我道：「衛先生，似乎全世界的要人都在等你。」

我呆了一呆，一時之間，不知道他們這樣說，是什麼意思，他們補充說：「我從來也沒有見過那麼多人集中在警局，光將軍就有好幾個，各種軍種都有，還有特務系統的，有的直接來自皇宮，好傢伙，每一個人都有手下帶來，要不是來了猜王，看來這些人會把警局掀翻了。」

這兩個人講話有點無頭無腦，我又問：「猜王又是什麼人？」

他們吸了一口氣：「猜王是降頭師，是大國師史奈的得力助手。」

我一聽得他們這樣說，就大吁了一口氣，知道溫寶裕的求救已經生效，那個叫猜王的降頭師，當然是史奈派來的。

史奈派出了他得力的助手，看來原振俠醫生的面子不小。

我心定了一半，順口問：「那麼多人集中在警局，目的是什麼？」

一個小伙子道：「都想知道案發時的情形怎樣。」

我揮了一下手：「不是說，至少有兩個目擊者嗎？」

警官回答：「是，可是怪就怪在這裏，兩個人在場，說法卻全然不一樣。」

我聽到這裏，不禁呆了一呆。這句話，很難使人理解，這也正是這個故事一開始時提到的兩句話——是不是要從頭說起才能明白？現在，故事已經漸入佳境了。

我想了一想，才道：「我不是十分明白，兩個人在現場，看到的情形，必然是一樣的，除非有人故意說謊，想隱瞞事實。」

兩個警官道：「是啊，事情那麼重大，又有在現場的目擊者，結果兩個人說的話不同，叫警方如何向上頭交代？陳警官頭痛極了。」

我一揚手：「他不應該頭痛，他應該相信我的那個小朋友的話。」

兩個警官聽得我這樣說，用一種十分怪異的目光望定了我，分明表示我的提議不可靠。

我有點惱怒：「你們別看他年紀輕，他有極豐富的神秘生活經驗，而且，他和貴國一點關係也沒有，根本不知道死者是誰，沒有理由胡說八道。」

兩個警官互望了一眼，支支吾吾了片刻，才道：「這……我們也不敢肯定，只是……事情有點怪，唔，衛先生，你的大名，我們久仰了，你聽了之後，或者會有確當的結論。」

我心中大是疑惑，因為看他們的神情，聽他們的話，竟像是溫寶裕作為一個目擊者，所說的話，是全然不可信的，怎麼會有這種情形。

我又問：「不是說有兩個目擊者嗎？另外一個人是什麼身分，他們又說了什麼？」

兩個警官神情猶豫：「衛先生不必心急，到了警局，自然知道了。」

我悶哼了一聲，心中充滿了疑惑，也無法作任何設想，因為究竟情形如何，我一點也不知道，所以只好生悶氣，索性不再問。

約莫四十分鐘之後，車子駛達目的地。

那是一幢相當大的建築物，車子才一停下，就可以感到氣氛的特異，可以知道在建築物中，正有極不尋常的事在發生。

除了警員和警官之外，有穿着各種不同軍種制服的軍人在來回逡巡。在圍牆外的街角上，甚至赫然有兩輛褪了炮衣的坦克車在。

在這種國家裏，兩輛坦克車，有時，可以輕而易舉地造成一場政變了。

我在下車的時候，忍不住大大地嘆了一口氣。

第二部

溫寶裕經歷凶殺案的經過

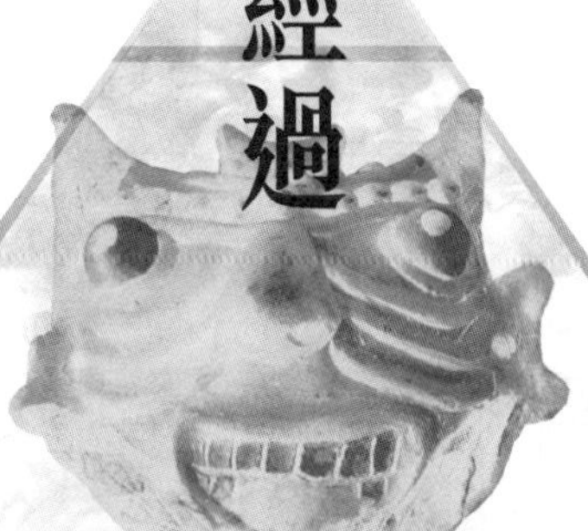

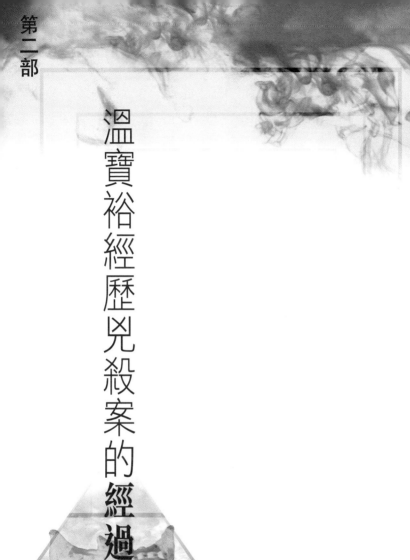

照這陣仗看來，只要其中有一方面沉不住氣的話，立時可以發生巨大的災變。

我和兩個警官一下車，就引起了一陣緊張，兩輛軍用吉普自不同的方向迅速逼近，幾乎沒有撞上我們，車上各有軍官在叫：「可是找到了新的證據？」

那兩個警官大聲回答：「不知道，請讓開些，衛先生是重要人物。」

車上的軍官都不懷好意地斜眼望着我，我不和他們的目光接觸，逕自進了建築物。

一進了建築物，情形更亂，不少軍官在和警官發生爭執，到處全是亂哄哄的人，溫寶裕曾在電話中形容為「一群熱鍋上的螞蟻」，算是十分貼切。有時，在滿是人的走廊中，我們要側着身子擠進去。

一直到了一個會議廳中，混亂情形，非但沒有改善，而且更甚。

會議廳中有不少人，文官和武官都有，一眼望去，已可以看到五六個將軍，其中一個，正用力拍着會議桌，對着一個高級警官怒吼：「限你十分鐘之內，把兇手交出來。」

高級警官看來十分憤怒，但還保持着鎮靜：「沒有找到兇手，乃璞將軍，我把什麼交給你。」

我向那個盛怒的將軍看了一眼，他的名字，我聽陳耳在電話中提起過。這時，這位將軍臉色鐵青，連聲冷笑：「這種話，只要一公布，軍隊上下，都不會答應，會形成大亂。」

乃璞將軍在施行威脅，那高級警官卻十分老練，冷冷地道：「控制軍隊的行為，正是將軍的責任。」

乃璞將軍一時之間答不上話，轉過身，恰好看到了我，向我狠狠地瞪了一眼，絕無禮貌地用手直指我：「你是什麼人？」

一時之間，我倒也決不定用什麼方法對付他才好，而就在這時，另一扇門打開，陳耳現身出來，見到了我，發出了一聲歡呼：「你終於來了，快來，快來。」

有幾個人，在陳耳打開那扇門的時候，想趁機衝進去，但又被幾個警方人員阻止，難免推推撞撞，拉拉扯扯，再加上各人都直着喉嚨在叫嚷，場面混亂，可想而知。我忙向陳耳走去，陳耳急不及待，一把拉住了我的手，將我拖進門去，立時把門關上。

門後又是一條走廊，門在關上之後，有急驟的敲門聲傳來，我回頭看了一下，不禁道：「那些人要是想衝進來，這扇門只怕抵擋不住。」

剛才，在會議室中的那些軍人，不但都有佩槍，他們的副官衛士，更有火力十分強大的手提武器，一扇薄薄的木門，當然起不了什麼作用。

陳耳苦笑了一下，抹了抹汗——他滿頭滿臉都是汗：「他們不會……應該說，他們不敢，猜王降頭師曾宣布過，誰要是強行通過這道門，誰就是他的敵人。」

我不是第一次聽到猜王降頭師的名字，自然知道他的身分和權威，直到這時，我才真正鬆了一口氣：「看來請史奈大降頭師出面的做法對了？」

陳耳又抹了一把汗，點着頭：「對極了，別看外面亂得可以，但誰都不敢亂動。」

我對整件事，一點頭緒也沒有，想問什麼，也無從問起，只好道：「溫寶裕和他母親呢？」

陳耳向前指了一指，急步向前走去。他身子又高又瘦，在急步向前走的時候，身子向前傾，看來像是一條急速前衝的飛魚。

陳耳雖然瘦削，可是精神奕奕，面部線條很有輪廓，雙眼有神，和這種人合作，是相當愉快的事，我緊跟在他的身後，到了一扇門前，他吸了一口氣，伸手推開門來，那是一間會議室，門才一打開，我就看到了從籐椅上直跳起來的溫寶裕。

溫寶裕大叫：「你終於來了。」

他一臉焦切的神情，我苦笑：「除非我自己會飛，不然，我想不出還有什麼更快的方法來這裏。」

溫寶裕嘆了一聲：「人類的科學太落後了。」

我已進了會客室，又看到了溫寶裕的母親，和一個又矮又胖、神情相當滑稽，一雙眼睛大得驚人的中年人，中年人正盯着溫太太，溫太太神情極怒，也極驚，回瞪着那中年人。陳耳走前幾步，向我介紹中年人：「這位是猜王降頭師。」

我呆了一呆，這個中年人，看來像是一個小商販，他的外型，和降頭師這種身分，無論如何，都難以有什麼聯繫。

陳耳一介紹，猜王就站了起來，向我含笑點頭，溫寶裕已搶着說話：「猜王降頭師神通廣大，至少他一來，我母親就不再尖叫了。」

溫太太的聲音仍然相當高：「快讓我們離開這裏。」

陳耳連連抹汗：「外面的情形你不是不知道，只怕你一現身，亂槍就把你射成……射成……」

他一時之間想不起一個那麼胖的女人在遭到亂槍掃射之後的情形，該用什麼來形容比喻，所以他的話也無法再說下去。

看溫寶裕的神情，像是他想到了該用什麼來形容，可是一張口，卻沒敢說出來，神情古怪，多半是他想到的形容詞不是十分恭敬，所以才臨崖勒馬，未曾說出來。

（後來，在一切事情都過去之後，我曾問過他，當時他想到了什麼形容詞，溫寶裕回答說「忘記了」，當然他在說謊，那形容詞和偉大的母親，多半絕不能放在一起。）

我不知道猜王降頭師對溫太太做了些什麼，也沒有興趣追問，因為雖然有降頭師在坐鎮，可是局面不一定可以控制，看情形，溫寶裕大有被當作是兇手的可能，不早早澄清，事情會十分糟糕。

我伸手在溫寶裕的肩頭上拍了一下：「究竟發生了什麼事，快說吧。」

溫寶裕皺着眉，他平時不是吞吞吐吐的人，可是這時，竟有難以開口之苦，我耐着性子等他開口，他的神情愈來愈是為難。

足足過了一分鐘之久，他才長嘆了一聲：「不能快說，還是得從頭說起。」

我大喝一聲：「那就快從頭說。」

陳耳在這時，按下了一具錄音機的錄音掣鈕，溫寶裕道：「我說了三遍，你也錄了三遍了。」

陳耳淡然道：「多錄一遍，沒有壞處。」

溫寶裕的神情極不滿：「你還是不相信我的話，所以想在一遍一遍的重複中找破綻。」

陳耳不置可否，溫太太又憤怒地叫了一句：「我家小寶，從來不說謊話。」

這種話，幾乎是一般母親對兒子的真正看法，可是世上哪有從來不說謊話的人？

所以，連溫寶裕自己都不禁皺了皺眉，他母親對我一直有偏見，這時，又用極不友好的目光，向我望過來。我攤開手：「這次不論發生了什麼事，我都在幾千公里之外。」

溫太太顯然也想不出用什麼話來責備我，只好鼓着氣，她滿臉胖胖的肉，一鼓氣，自然看來更胖更圓了。

溫寶裕又嘆了一聲，才開始敘述。

以下，就是溫寶裕經歷那件兇殺案的經過。

到目的地第三天，早上，溫寶裕和他母親從升降機下來，才一步出升降機，溫太太就發出一下驚呼聲。溫寶裕自小就對他母親的大驚小怪習慣了，自然不以為意，這種程度的驚呼聲，算是平常事——如果把溫太太的驚呼聲照地震的分級法，那麼這一下驚呼聲，至多不過是二點四級。

可是，別人卻已經都嚇了一大跳，酒店升降機附近，靜了約有三秒鐘之久。溫太太在發出了一下驚呼聲之後，立時轉過身，又向電梯中擠去——那時，電梯中已經有了不少人，溫太太才一踏進去，電梯就響起了過重的警鈴聲。

於是，電梯中所有的人，都望向她，她也望向所有人，一點也沒有退出的意思。

溫寶裕尷尬之極，用力去拉他的母親，溫太太怒道：「幹什麼？我忘了帶抹汗紙，上去拿。」

溫寶裕嘆了一聲：「媽，我替你去，你在大堂等我。」

溫太太這才肯跨出電梯，推了溫寶裕進去，電梯減了接近六十公斤的負荷，自然順利上升。

以後一切的事，全從這件看來平常之極的事——溫太太忘了帶抹汗紙，溫寶裕上樓去拿——開始。

溫寶裕的房間，在酒店的十一樓，由於他母親的行為，不是很有公德心，所以他向電梯中所有的人，發出抱歉的微笑，電梯中人顯然接受了他的歉意，電梯停停開開，人進進出出。

到了十一樓，溫寶裕快步走向房間，找到了一大包抹汗紙——那裏天熱，溫太太肥胖，要是沒有抹汗紙，遊覽的樂趣，自然大減。

出了房門，來到電梯前，電梯一列橫排，一共有四架，可以稱之為一二三四號。

等電梯，哪一架先到，事先很難知道，也無關緊要，溫寶裕等了一會，第二號電梯到了，「叮」地一聲之後，門打開，並沒有人。

溫寶裕走進電梯，按了「G」字，電梯開始下降，至此為止，溫寶裕的想像力再豐富，也難以想到接下來的幾分鐘之內，會有什麼事發生。

電梯在八樓停下，門打開，溫寶裕覺得眼前陡然一亮，一個身形嬌小，皮膚極白皙，面容十分俏麗，那一雙大眼睛有着迷路的小鹿一樣惘然的女郎，先走了進來，還伴隨着一陣十分清淡的幽香。

那女郎看來才二十出頭，穿得很薄，進來之後，也不看溫寶裕，一進來，就轉過身，背對着溫寶裕。接着，又進來了一個極胖的、膚色十分黝黑的胖子，他只穿短袴、背心，滿面油光，樣子看來十分威武，頗有大亨的派頭，可是舉止粗俗之至，看了令人無法不皺眉，溫寶裕也未能例外，而且在電梯門關上之前，胖子的大手，已老實不客氣地按在女郎曲線玲瓏的臀部上。

那胖子右手粗大的手指上，戴着三隻戒指，一隻紅寶石，一隻翡翠，一隻鑽石，都極大，大得和他手指粗壯相配合。溫寶裕對各種寶石的常識相當豐富，一看到了那三枚寶光奪目的戒指，他便忍不住伸了伸舌頭，知道那個看來如此傖俗的胖子，一定是一個超級大亨。

接下來，胖子的手，在女郎的臀部，動作漸漸不雅起來，女郎並沒有反抗，反倒偎得胖子很緊，像一頭受了驚的，或是馴服的小鹿一樣。

溫寶裕本來也無意去研究這一男一女之間的關係，而且，他也看出那胖子敢在電梯中就有這種過分的動作，一定有他的特殊勢力，他並沒有説話，只是為了表示不滿，他的喉嚨中，發出了一陣聽來十分古怪的咕咕聲。

（這本是溫寶裕的一個習慣，一直不覺得他這個習慣有什麼壞處，可是在這時，卻引發了許多意外。）

他一發出聲響，那胖子就立時轉過頭來，用十分霸道、兇惡、專制的眼光，瞪向溫寶裕。

接下來的一切，都在極短的時間內發生，可是發生的事卻極多，非得一樁樁來敘述不可。必須注意的是，一切都在極短的時間內發生，究竟多短呢？具體一點說，是電梯停下，電梯門打開。又合攏，合到一半，再被人按鈕，令門再度打開，一般來說，是十秒鐘之內的事。

胖子一轉過頭來，狠瞪着溫寶裕，溫寶裕也不客氣，立時現出十分鄙夷的神情，叫任何人一看就知道他對胖子的行為，表示鄙視。

就在這時，電梯停了，電梯只下了一層，停在七樓，電梯一停，門就打開，門外有一個穿深色西裝的人，在門一打開的時候，他正準備跨進來，可就在這時，那胖子卻陡然向溫寶裕暴喝一聲，反手指向電梯的門：「滾出去。」

胖子反手一指，手指幾乎戳到了要進電梯來的那個人的鼻子上。那人頭向後一仰，他顯然一下子就認出了那胖子是什麼人，所以立時現出十分驚惶的神情，退出了電梯。

直到那時為止，溫寶裕仍然不覺得事情有什麼嚴重，只覺得滑稽，所以他還保持着敏銳的觀察力，留意到了那中年人的驚惶神情，而且，也從那中年人的筆挺的西服上，判定他是酒店的高級職員。

那時，溫寶裕留意到這一點，對他有利，因為那胖子的態度如此橫蠻，他知道必然有一場衝突，有酒店的高級職員在場，通常的情形之下，自然會制止那個胖子的胡作非為。

當時，胖子的一聲暴喝之後，溫寶裕的反應是，雙眼向上一翻，乾笑了一聲，打了一個「哈哈」——他有這種神情的時候，鄙夷的神情，幾乎連瞎子都可以感受得到。胖子更是大怒，再喝：「滾出去。」胖子喝了兩聲，那幾秒鐘的時間，電梯的門在打開了一陣子之後，又再合上。

在這時候，一直依偎在胖子身邊的那個美麗清純的女郎，也轉過頭來看溫寶裕。

接下來，最重要的一剎那，門合到了三分之一時，溫寶裕已想好了很刻薄的話來回答那胖子，他一開口，還沒有出聲，就聽到電梯之外，右邊，傳來了

「錚」的一聲響，接着，門外的那中年人，伸手按向電梯門旁的掣，電梯門立時停止合上，而且再度打開，但在還未曾重新打開，也就是説，電梯門在合上三分之一的狀態之下，隨着那「錚」的一聲響，又是一下聽來尖鋭、急驟之極的「嗤」的一下破空之聲。

隨着那一下聲響，好像有什麼東西射了進來，可是究竟發生了什麼事，溫寶裕全然不知。

在那個中年人的按掣動作之下，電梯門又全部打開，溫寶裕從電梯中望出去，可以看到剛才傳來「錚」的一下聲響處，是樓梯的轉角，並沒有人。

他再把視線收回來，去看那胖子，準備説出那句刻薄話時，才知道有可怕之極的事發生了。

那胖子在暴喝時，雙眼睜得十分大，胖子有一雙又大又鼓的金魚眼，充滿了兇光，這時，雙眼仍然睜得很大，可是從整個眼眶之中，都有十分濃稠的鮮血在湧出來。

溫寶裕從來也未曾見過那麼可怕的情形，而且，那真正是全然出乎意料之外的。

胖子的臉離他極近，忽然之間，眼中全是鮮血，而且，濃得像漿一樣的血，立時染滿了胖子滿是油光的肥黑的臉上，任何銀幕上特技形成的震懾效果，都及不上這時的萬一。

溫寶裕張大了口想叫，可是卻叫不出來，胖子的雙眼立即已全是濃濃的血（這時候，胖子不知道是不是還看得到東西？），他有扁而闊的鼻子，這時，鼻子忽然掀動了一下，頭也向旁轉了一轉，轉向那女郎，就在那一剎間，兩股鮮血，又自他的鼻孔之中，直噴了出來，噴得那女郎一頭一臉一身，連溫寶裕的身上，也濺到了幾滴。

女郎發出了一下呻吟聲，聲音不是太大，身子就軟癱了下來。

在電梯外面的中年人，神情驚駭欲絕，發出了一下怪異莫名的叫聲，他的手指按在電梯門旁的掣上，電梯門不會關上，他就那樣驚駭莫名地盯着電梯內的情形。

溫寶裕這時已看到，在胖子的後腦上，有一截藍殷殷的精鋼打成的圓鋼枝，約有手指粗細，大約五公分長的一截，露在腦後。

如果那是小型標槍型的兇器，那麼，射入胖子的腦袋究竟有多深，一時無可估計，溫寶裕隱約之間，像是看到了胖子的前額正中，有尖銳的突起。

那時，溫寶裕望着胖子可怖欲絕的臉，和鼻端聞到了濃烈之極的血腥氣，他有想嘔吐的感覺，可是那胖子身子一晃，卻又向他倒了下來，他連忙伸出雙手，用盡平生的氣力，抵住胖子的身體，不讓胖子壓向他的身上。

這時，電梯門外的那中年人，又發出了一下驚呼聲，後退了一步，他的手指也離開了那個鈕掣。

機器的行動是一定的，不論究竟發生了多麼怪異的事，有人按着掣，電梯門就開着，沒有人按了，電梯門就合上。

中年人一退，門就合上，溫寶裕大叫：「不要。」

他這時，也不知自己究竟大叫「不要」是什麼意思，他想衝出去，胖子壓向他，他要用力抵住他，那女郎縮成一團，顯然已昏了過去。

電梯門一關上，電梯就開始下落，這次，一直到大堂，沒有再停過，到了大堂，電梯門打開。從七樓到大堂，時間當然不會太久，大約是十來秒，可是對一直撐着胖子沉重的身體，近距離對着胖子的一張血臉的溫寶裕來説，這十來秒鐘，簡直比十來個小時更長，那是他一生之中最可怕的經歷。所以，當電梯的門再打開時，他用盡生平的氣力，用力一推，把那胖子的身體推開去，令得胖子仰天跌下，身子的上半截出了電梯，下半截還在電梯之中。

由於胖子的身子極重，所以倒地之際，發出「砰」地一下巨響。

不過，那一下聲響，比較起立時爆發的混亂的呼叫聲來，簡直什麼也不是。大堂中人很多，電梯面前的人更多，陡然之間，一個滿臉是血的大胖子仰天跌了出來，所引起的慌亂，可想而知，首先發難的，是等兒子下樓來，已等得不是很耐煩的溫太太，她率先發出了一下驚天動地、震古鑠今的尖叫聲。

在她的領導之下，各種各樣的尖叫聲、驚呼聲，持續到了大隊警方人員趕到，要用手提機槍向天掃射，才算是制止了下來。

在混亂之中，溫寶裕困難地跨過了胖子的身體，走出了電梯，他母親立時緊握住了他的手，不斷地叫：「小寶，小寶，小寶。」

溫寶裕望着地上的胖子，倒地之後，眼眶中的濃血，已經溢出，可以看到他原來十分兇暴的眼珠，這時已和死魚一樣。

由於他是仰天跌倒的，後腦着地時的力道相當大，把本來露在後腦外的一截鋼桿子，撞了進去，所以在他的前額，恰在眉心，就有一個看來鋭利無比、四面鋒稜的箭簇，露了出來，閃閃生光，約有三公分長短，看起來更是可怕之至。

溫寶裕用力把他母親拉開了幾步，不讓他的母親視線接觸到如此可怕的情景。

在陳耳沒有趕到之前，已有不少人認出了胖子的特殊身分，所以驚惶程度在迅速增加，酒店的保安主任大約在半分鐘之後，就到達大堂——他就是那個在七樓按了電梯，本來準備跨進電梯的中年人。

保安主任十分能幹，當機立斷，把大堂中的所有人，都趕到一角，不准亂走，溫寶裕母子也在被趕之列，溫寶裕大叫：「電梯裏還有一個女郎昏了過去，快通知醫生來急救。」

可是在那種兵荒馬亂的情形下，誰會理會他在說什麼？他和眾多人被趕到大堂的一角，一直到陳耳率領的警方人員趕到。

屍體（那胖子當然已經死了）是如何被移走的，溫寶裕並不知道，那女郎怎麼樣了，他也不知道。在保安主任的指認下，陳耳把溫寶裕叫了出來，溫寶裕也全然沒有躲避的意思。

毫無疑問，這是一宗兇殺案，溫寶裕也知道了死者，那胖子重要、尊貴、勢力極大的身分，他完全不覺得自己有什麼事，目擊兇案發生的不止他一個人，還有那個清純美麗的女郎和保安主任，兩個人和他，當時和死者的距離都不超過一公尺。

溫寶裕被帶到警局，溫太太理所當然跟了去，陳耳先聽溫寶裕說了一遍經過，神情陰晴不定，離開半小時，又回來，那時，溫寶裕已經很不耐煩了，一見他就問：「怎麼還留我們在這裏？」

陳耳臉色陰沉：「你剛才的口供，警方不相信。」

第三部

溫寶裕證供中令人難以接受之處

溫寶裕直跳了起來，俊臉漲得通紅：「不相信？又不是只有我一個人在場，去問另外兩人，他們可以證明我的話，全是經過的實在情形。」

陳耳冷笑：「就是因為問過了，所以才不相信你所說的話。」

溫寶裕一時之間，竟弄不明白陳耳這樣說是什麼意思。

（這故事一開始，說一樁怪事，經歷者的說法不一樣，其實，應該是正由於說法不一樣，所以才使這樁事成了怪事。）

溫寶裕呆了一呆：「他們怎麼說？」

陳耳的聲音更冷：「你別管，你再把真實的經過說上一遍。」

溫寶裕氣得要吐血，溫太太也在這時，開始尖叫。

那時，溫寶裕並不反對他母親尖叫，因為他認為警方對他十分無理取鬧，他已把一切經過都照實講了，警方居然不相信他的話。

所以，在開始幾下尖叫聲，令得所有的人都大驚失色，不知所措時，他十分幸災樂禍。

在溫太太發出了三下尖叫聲之後，陳耳和其他警官，才嘗試去制止她，可是絕不成功，陳耳滿臉通紅，怒得像是要爆炸，溫寶裕「哈哈」大笑：「還是讓她叫吧，她要叫，連衛斯理也停止不了。」

（天地良心，我衛斯理在溫寶裕的心目中，始終是一個值得崇敬的人物，所以他才會在這樣的情形下，提出我的名字來，作為神通廣大的人物的典型。）

陳耳一聽得溫寶裕那樣說，陡然呆了一呆，盯了溫寶裕一會：「你剛才提到誰？衛斯理？」

溫寶裕順口道：「是，衛斯理，我的朋友。」

陳耳怒意未退，同時又驚訝之極：「你？你會認識衛斯理？」

他這樣說，神態和語氣，無疑是在說：憑你，也會認識衛斯理？

溫寶裕人機智得很，他已經感到，自己和母親的處境，不是太好，如果沒有熟人照應，在這種地方，會發生什麼可怕的事，十分難料，所以他立時反問：「陳警官也認識他？」

陳耳神色傲然：「認識。」接着，他有點氣餒：「只見過一次。」

溫寶裕微笑：「我和他極熟，你可以打電話去問他，他可以保證我說話可靠。」

我和白素在閒談時，忽然有警局打來的長途電話，就是那麼來的。

以後接下來所發生的事，前面大致上都提過了，有些未曾提及，如果和整個故事有關，會在後面，再加以補充和說明。

溫寶裕的證供，可以說詳細之至，在他說完之後，陳耳又補充了一些事情發生後的情形。

房間中有一個極短暫時間的沉默。

我在聽了小寶的敘述之後，心中有無數疑問，而最大的一個疑問是：何以陳耳不相信小寶的話？

陳耳不相信小寶的話，自然是由於他曾提到過的，保安主任和他有不同的說法。那麼，保安主任怎麼說呢？這是最關鍵的問題，其次，是那個女郎，她又怎麼說呢？

我先把主要的問題提了出來：「溫寶裕的敘述十分詳盡，你為什麼不相信？那個保安主任，說了些什麼？」

陳耳的神情，疑惑而又為難，口唇抖動着，卻沒有回答我的問題。

溫寶裕十分生氣：「那傢伙在什麼地方？可以叫他來，和我對質，看我什麼地方說得不對。」

陳耳雙手緊握着拳，神情更為難，嘆了一聲：「那傢伙本來在軍隊裏，有少校的軍銜，和如今幾個手握大權的軍事強人的關係相當好，死者是軍事強人之一……這其中的關係，就十分複雜——」

我也十分惱怒：「你囉唆這些幹什麼，他究竟說了些什麼？」

陳耳仍然答非所問：「事情發生之後，他只和警方說了一次話，就下落不明，據了解，他躲在軍部，受另一軍事強人的保護。」

溫寶裕叫了起來：「天，你亂七八糟地說些什麼，他又沒有做什麼事，只不過是一宗兇案的目擊者，為什麼要別人保護？」

陳耳冷冷地望着小寶：「你也只不過是一宗兇案的目擊者，要是你沒有猜王降頭師的保護，情形會怎樣？」

溫寶裕滿臉通紅，說不出話來。

陳耳嘆了一聲：「死者的地位十分重要，他一死，好幾個權力中心的重要位置都空了出來，不知道有多少人想填補空缺，若是找出兇手，替死者報了仇，對爭奪權力有利，你明白了嗎？把你當作兇手，亂槍掃死，是最簡單的解決方法。」

溫寶裕大驚：「我不是兇手。」

陳耳道：「當你身上中了八十多槍之後，請問你如何為自己辯護？」

陳耳把情勢分析得相當清楚，溫寶裕抹着汗，溫太太臉色煞白，張大了口，卻沒有出聲，猜王神情鎮定，我在外表上，自然看不出什麼緊張的樣子來，但也不免暗自心驚。我用力一揮手，再度追問：「那保安主任，究竟說了些什麼？」

陳耳長嘆一聲：「是不是可以……嗯……暫時不要問這個問題？」

我和溫寶裕一起盯着他看，等待他作進一步的解釋，陳耳卻只是攤了攤手，沒有再說什麼，而他的神情，看來為難之極——一個人有這種神情，叫想追問的人，不忍心再去逼他。

我知道他是一個十分精明能幹的人，這時態度如此異樣，一定有十分難以言喻的苦衷，看來，再逼他，也逼不出什麼來。

我也嘆了一聲：「那個女郎呢？」

陳耳的神情更苦澀：「事發之後，那女郎一言不發，沒說過一個字，在我們想把她帶到警局，進一步追問她時，半途上，王室的侍衛，說奉了機密命令，強行把她帶走了。」

我和溫寶裕聽了，面面相覷，不知說什麼才好。三個在現場的人，一個躲在軍事強人的庇護下，一個被王室的侍衛帶走，看來小寶已成了眾矢之的，非要把兇殺案的責任放在他身上不可了。

溫寶裕苦笑，向猜王道：「不是聽說有一個小島，是史奈大降頭師的，我是不是可以躲到那個島上去？」

猜王笑嘻嘻，他看來脾氣很好，又隨和：「可以，師父叫我盡一切力量幫你。」

溫太太這時，才以充滿了驚怖的聲音叫了一句：「我不去，小寶，你也不准去。」

他們的對話，倒使我安心不少，溫寶裕也不是全無保障，他在降頭師的保護之下，比任何其他的勢力都有用，可說安全得很。

我對陳耳的態度，也不是十分滿意，語氣很冷：「那麼你憑什麼不相信溫先生的話？」

陳耳抿着嘴，忽然取起一塊紙板來，紙板上畫着酒店走廊中，電梯的位置，和轉角處樓梯的情形。

他指着那平面圖：「單就溫先生的話中，就有一個不可解釋的破綻。」

溫寶裕大怒：「放——」

我一揚手，阻住了他「放」字之下的那個字：「聽他說。」

陳耳指着升降機：「升降機的門，全部打開，寬一公尺零七公分，從轉角的樓梯口處，發射兇器，都無法有射得進電梯的角度，何況溫先生說，那時電梯的門，已合上了三分之一。」

我呆了一呆，陳耳的話，是無可反駁的。

除非射出來的兇器會在半途轉彎，不然，若是沒有可以射進電梯的角度，那就一定射不進電梯。

我立時向溫寶裕望去，溫寶裕的神情，也不再那麼自信，而變得猶豫起來，他十分講道理，也覺得陳耳的話，十分有理。

他想了一想：「當時我聽到『錚』的一聲響，確然是從樓梯口處傳來的。」

陳耳深深吸了一口氣：「當時，死者、那女郎都望着溫先生。」

溫寶裕點頭：「是，所以兇器是從後腦射進去的。」

陳耳又向我望了一眼，我不由自主，「啊」地一聲，也想到何以陳耳不相信溫寶裕的話了——他實在有充分理由懷疑小寶所說的話的真實性。

我一想到了這一點，就準備說話，可是陳耳也知道我想到了什麼，他向我飛快地作了一個手勢，示意我暫勿開口。他又道：「當時，保安主任也是臉向電梯的。」

溫寶裕吸了一口氣，他顯然也想到了陳耳想證明什麼，所以他道：「是的，只有我一個人臉向着走廊。」

陳耳一字一頓：「那麼，請問，你看到的兇手，是什麼樣子的？」

溫寶裕像是早知他會有此一問，他回答得十分快：「我什麼也沒有看到，走廊中沒有人，兇器來得極快，也看不清是怎麼射進來的，可是那一下聲響，我認為是發射兇器的強力機簧所發出的聲響，確然從樓梯口處傳來。」

陳耳搖着頭，向我作了一個手勢，示意我可以發問了。我嘆了一聲：「小寶，就算角度勉強可以使兇器射進來，也必然是斜射進死者的頭部，不可能直射進後腦，直射進後腦的唯一可能，是兇手在死者的身後。而如果兇手在死者的身後的話——」

溫寶裕大聲打斷我的話頭，把我的分析接了下去：「——我就一定可以看得到他，是不是？可是事實上，我沒有看到，當時，在死者身後的，只有一個人：保安主任。但我決不認為保安主任是兇手，因為他一隻手按住電梯旁的製鈕，另一隻手是空的。」

我心中陡然一動，有了一個十分古怪的想法，我忙問：「說了半天，兇器究竟是什麼？取出來了沒有？」

陳耳苦笑：「死者的遺體，在國防醫學院，由軍方嚴加保護，兇器直射進頭部，一時之間也取不出來。不過，專家對這種兇器，並不陌生。這裏有相同的武器在，那是一種通過強力的弩弓發射的鋼箭。」

他説着，打開了一個櫃子，取出了一張弩弓來，那張弩弓，有色澤暗紅，看來質地十分堅硬的木身，木身上有一個凹槽，看來是放鋼箭用的。弩弓的動力，來自兩股彈簧，十分粗，看來要把這弩弓張開來，得有極大的氣力才行。

那時，鋼箭並沒有安裝在弩弓上，陳耳是另外取出來的，約二十公分長，手指粗細，一端是極鋒鋭的四棱鋒口，通體精鋼打就，藍殷殷生光，拿在手裏，相當沉重。

這樣的鋼箭，如果用高速發射，的確可以射穿一個人的頭顱的。

我和溫寶裕，都看得神色駭然，在一旁的猜王道：「這種鋼箭，可以射進野豬的頭中，令一頭超過三百公斤的野豬立時死亡。」

我吸了一口氣：「是土人的武器。」

猜王點頭：「是，一種十分兇悍的土人，是黑苗的獨有武器，很少流傳在外，每一個黑苗族的戰士，都把箭和弓，當作是生命一樣維護。」

我不禁苦笑，剛才我想到，武俠小說中常有暗藏在身上的暗器發射裝置的描寫，十分隱蔽，趁人不覺，一按機括，就會有暗器射出來，保安主任的身上，如果有類似的裝置，那麼他就有可能是兇手。

可是如今一看，鋼箭和弩弓都十分大，尤其是那張弓，根本不可能藏在身上不被發覺，所以我的想法，顯然不切實際之極。

在一旁的溫寶裕看穿了我的心思，他也搖了搖頭：「不會是保安主任下的手，假設鋼箭在射到半途忽然轉了方向，還比較實際些。」

我沒好氣地瞪了他一眼，他還一本正經地補充：「千手如來趙半山，就會發一種會轉方向的暗器，叫——」

我陡然喝：「住口。」

溫寶裕嘆了一聲，果然住口。陳耳的臉色，難看之極，他忽然把聲音壓得很低：「我知道有一個人，他有一副這樣的弓箭，不過，兇手決不會是他。」

我忙揚眉，望向他，他再嘆了一聲：「你我的好朋友，青龍。他是中南半島上各族土人的毒藥和武器的專家，有着各種各樣的武器，他曾告訴我，用這種弩弓，雙臂至少要有一百公斤的力道，不然，根本拉不開這一對強力的彈簧。」

我苦笑，青龍，這個充滿了傳奇性的人物，為什麼不能是兇手呢？若是要除去一個地位那麼重要的人物，也正需要青龍這種神出鬼沒的人物出馬才行。

不過由於陳耳的心目中，青龍有極高的地位，所以我沒有把想到的說出來。

溫寶裕有點不耐煩：「兇手多半在行兇之後，由樓梯逃走，你們就沒有進行搜索？」

陳耳苦笑：「搜索一直到現在還在進行，沒有什麼可疑的人，連弩弓也沒有發現，極有可能，在大堂極度混亂中，兇手早已溜走了。」

我也覺得十分不耐煩，揮了揮手：「不管事件多麼不可解釋，和溫先生母子都沒有關係，他沒有義務一定協助警方。」

陳耳一面抹汗，一面又現出那種極度為難的神情，我陡然逼近他：「有什麼隱瞞着？」

陳耳向溫寶裕指一指：「保安主任所說的，和他說的完全不一樣。」

我按捺着脾氣：「問了你許多次，那傢伙說了些什麼，你又鬼頭鬼腦，不肯說。」

陳耳抿着嘴，不再說什麼，拉開一張抽屜，搬出一具錄音機來，深深吸了一口氣：「你自己聽……你的泰語程度怎樣？」

我連忙道：「沒有問題。」

溫寶裕忙道：「我不懂。」

我瞪了他一眼：「我聽了之後會轉述給你聽。」

相信接下來的那一段時間，是溫寶裕最難受的時間了，他聽不懂保安主任說的話，可是在我的神情和猜王的神情變化上，知道保安主任所說的話，一定令我們感到極度的驚異。

他在問了十次八次，都被我大聲呼喝着叫他住口之後，乾脆到了牆角，雙手抱住了頭，不再面對我們。這時，溫太太的偉大母愛行動，很令人感動，她陪着小寶在牆角，而且，不斷替他抹汗。

錄音帶上記錄下來的聲音，是陳耳和保安主任的對話，事實上，是陳耳在問，保安主任在答。

可是，保安主任顯然恃着自己認識許多有勢力的人物，所以並不是十分合作，對陳耳的態度，也相當傲慢。有一些關鍵性的問題，他不肯直接作答。但儘管如此，他說的經過，也令人吃驚了。事實上，令我吃驚的事，在錄音帶一開始轉動時，就已經發生。

保安主任的第一句話就說他根本沒有目擊什麼兇殺案。

在放錄音帶的時候，陳耳把談話的當時情形，簡單地解釋着，所以整理一下，可以把一切經過，相當簡單地敘述出來。也把當時聽的人的反應，作簡單記述。

大約是在溫寶裕把死者的肥胖龐大的身體，自電梯中推得仰天跌出去，引起了酒店大堂中的大混亂之後的三分鐘到五分鐘之內，已有人看到保安主任出現在大堂上，十分鎮定地指揮着一切。

陳耳來到的時候，並不知道保安主任也是目擊者之一，後來溫寶裕說起才知道，就邀他相談。那時，死者已被一些高級軍官包圍，堅決要送到國防醫院，陳耳也無法阻止。那女郎醒了過來，雙眼睜得極大，失神落魄之極。兩個女警官努力想使她說話，可是她卻怎麼也不肯開口。

陳耳和保安主任，一起走進保安主任的辦公室，陳耳就問：「兇案經過的情形怎麼樣？」

保安主任軍人出身，身形高大，樣子也十分威武，他一聽陳耳這樣問，神情又是驚訝，又是憤怒：「兇案的經過情形，我怎麼知道？」

這時，陳耳雖然還未曾聽到溫寶裕的詳細敘述，但是簡略的情形，他也知道，他見到保安主任這樣態度，不禁呆了一呆：「你……不是目擊兇案發生的嗎？」

保安主任發出了一下十分驚怒的呼叫聲，揚起拳，幾乎要攻擊陳耳，但是陳耳高級警官的身分，當然有點阻嚇作用，所以他的拳頭就在半空中，僵凝了一分鐘。

在這一分鐘之中，他除了不斷罵髒話之外，還不斷說他認識什麼人什麼人，當然全是有權有勢的人物，最後，他厲聲責問：「你說我目擊兇殺案，是什麼意思？」

陳耳也驚駭莫名：「電梯在大樓停下，電梯門打開，你看到了什麼？」

陳耳處事聰明，他知道在溫寶裕和保安主任之間，一定有巨大的蹊蹺在，所以他並不直接，只是旁敲側擊地查問，這樣，更容易確定誰的話更可靠些。

保安主任瞪大了眼：「看到了——」

（他在這裏，說出了死者的名字和頭銜，基於一開始就提及的理由，不便詳細寫出，只稱「死者」。）

他說：「電梯門一打開，我看到死者十分憤怒地向一個年輕人在呼喝，同時，揚手指着電梯的門，在喝那年輕人滾出去。」

陳耳點了點頭——這一點，和溫寶裕的敘述相吻合。他再問：「然後呢？」

保安主任道：「我立即就認出了他是誰——事實上，他入住本酒店，是經由我安排的，每次，他的衛士先來通知我，我就給他安排最好的房間，然後，他的衛士又會帶女人來，讓女人在房間中先等他，然後，他來到，每次都由我親自送他到房間，有時，他還會請我進去，喝幾杯酒，談談天，和這種大人物有交往，真是榮幸。」

陳耳在肚子裏暗罵了一聲，這種情形，也不足為怪，大人物自然也是人，有權有勢，荒淫一番，也是人之常情。

保安主任說到這裏，停了一停：「那年輕人像是酒店的住客，我身為保安主任，自然應該把那年輕人弄出電梯來，以平息他的怒意。」

陳耳悶哼了一聲：「真盡責。」

保安主任怒瞪了陳耳一眼：「我剛想進電梯去，電梯門已經合上，所以我伸手按向電梯門旁的掣鈕，令得電梯的門，重又再開，不過這一來，我就無法進電梯了，我只好指着那年輕人，叫他趕快出來。」

第四部

保安主任全然不同的説法

（從這裏開始，保安主任的說法，和溫寶裕就全然不同了。）

「那年輕人，他卻不肯出來，而且還一副不屑的樣子，顯然，他沒有認出他眼前的是什麼人，不知道重要人物的權勢，只要咳嗽一下，整座酒店，都可能倒塌。」

陳耳冷冷地道：「有那麼厲害嗎？」

保安主任翻了翻眼，沒有說什麼，神情之中，竟真的以為有那麼厲害。

陳耳暗嘆一聲：「接下來呢？」

保安主任道：「我一手按着電梯旁的掣鈕，不讓電梯門關上，我向那青年人說：你出來。基於保安的理由，我身為酒店的保安主任，我有權請你出來。」

（溫寶裕聽到這裏時，滿臉通紅，叫：「這人在胡說八道，胡說八道之極了。」）

（溫寶裕的神情極氣憤，我認識他相當久了，從來未曾看到他那麼憤怒過。）

（心理學家說，人在兩種情形下，最容易憤怒，一種是被人冤枉，另一種是明知事實是怎麼一回事，但是卻被歪曲。這兩種情形其實是一致的——當事實真相被歪曲時，人就會感到憤怒。）

（我把手按向他的肩頭，示意他鎮定一些，他向我望來，神情又憤怒又難過，我立時給他鼓勵的眼神，同時壓低了聲音：「事實真相，始終會水落石出。」溫寶裕苦笑：「會嗎？」我十分肯定：「會，當年白素在日本被幾個目擊證人證明她謀殺，結果還不是真相大白了？」）

（白素在日本被控謀殺，經過極其曲折離奇，記述在《茫點》這個故事中。）

（溫寶裕聽了我的話之後，吁了一口氣，略為鎮定了些，可是繼續聽下去，保安主任的證供，和他的親身經歷——我絕對相信溫寶裕說的每一個字都是真話——竟然絕不相同，而且極之不利，他不但氣得連連怒吼，到後來，由於心中的委曲太甚，竟至於淚流滿面，令得溫太太也陪他下淚。）

保安主任在繼續他的話：「那青年人仍然不肯出來，態度十分傲慢，他說：『我是酒店的住客，就有權搭乘電梯。』那時，死者已轉回身來，面對着我，他是一個身分地位十分重要的大人物，受到了一個青年人這樣的侮慢，當然十分惱怒，可是他畢竟是大人物，有一定的氣度，他轉過身來之後，向我揮了揮手，示意我離去，他也不堅持要那青年人離去了。」

溫寶裕聽到這裏，連聲罵：「放屁，放屁，放狗屁，我們有必要聽他胡言亂語嗎？」）

（陳耳瞪了溫寶裕一眼：「他的話和你的話一樣，都是證供，如果在法庭上，只怕還是他的證供，比較容易為人接受。」）

（溫寶裕氣得臉一陣紅一陣白，半晌說不出話來。）

（單從語氣上來分辨，也的確難以說保安主任是在胡說八道。）

（我自然肯定保安主任在胡說，因為我相信溫寶裕的話，可是，他為什麼要說謊話呢？）

（保安主任說謊的原因可以有很多，他不想牽涉在一宗關係那麼重大的兇殺案之中，應該是主要的原因。這個人的人格一定十分卑鄙，無視事實，故意歪曲，只求自己置身事外，而把無辜的人推向危險深淵。）

（我深深地吸了一口氣，心中也有點好奇，想聽他究竟怎麼說下去，因為在場的人，不單是他和溫寶裕兩個人，還有那個女郎。）

保安主任的證供，接下來，就提到了那個女郎：「我還在猶豫，心想是不是要去把那青年人拉出來，因為要是電梯門一關上，電梯繼續向下落，小小的空間中，那青年人顯然和……死者之間有敵意，可能會有……不愉快的事情發生，而就在這時，那女郎向我作了一個手勢。」

「那女郎的手勢很易明白，她是在告訴我，沒有事了，讓電梯下去吧。」

「所以，我就鬆開了按住鈕掣的手指。」

保安主任說到這裏，陳耳問了一句：「你站在電梯口，本來的目的是什麼？」

回答是：「我是保安主任，巡視酒店的每一層，是我的責任，我才從八樓下來，巡視了七樓，準備搭電梯下六樓去。」

陳耳又問：「結果你沒有進電梯？」

保安主任道：「是。」

陳耳悶哼一聲：「為什麼？」

（那時，陳耳已聽溫寶裕說過他經歷的情形，所以對於保安主任完全不同的說法，也表示十分驚訝，但是他卻不動聲色，只在細節問題上問得很緊，以求判斷他所說的是不是真話。）

保安主任略為遲疑了一下：「或許，是由於在大人物面前，十分緊張，行動比較慢了一些。你知道，電梯的門，若是被按得打開久了，一鬆手，就會很快地合上，當時我沒有來得及進電梯去。」

陳耳悶哼了一聲——保安主任的解釋，當然可以成立。

陳耳突然又問了一句：「那女郎是什麼身分？」

陳耳的「突擊」似乎十分有效，保安主任支吾了一會，才道：「我不——清楚。」

陳耳冷笑：「死者到酒店來，經過你的安排，他和那女郎顯然不是在電梯中才認識的，你說不知道那女郎的身分，誰相信？」

保安主任的聲音十分急促，陳耳的話，令得他有一定程度的慌亂。但是他還是立即鎮定了下來：「是的，是我安排，他的副官走了之後，那女郎就來到酒店，進了安排好的房間……那不是我安排的，雖然有時也通過我安排女人給他……他雖然是大人物，也一樣有人的七情六慾……或許愈是大人物，情慾愈是熾烈——」

陳耳打斷了他的話頭：「我只問你這個女郎的事。」

保安主任回答得十分肯定：「我不知道她的身分，警方為什麼不問她自己？」

陳耳悶哼了一聲，沒有回答。

（警方當然想問那女郎，可是那女郎卻無論如何不肯開口，一個字也不肯說。）

（警方準備把她送到醫院去，由專家來誘導她，使她說話，也認為她可能是目擊兇案，震驚過度，以致喪失了說話的能力，所以才會有這樣的情形，那就更加需要專家的治療。）

（可是，在運送途中，陳耳說過了，皇家的衛隊，據說有極高層下達的命令，把這個女郎帶走了。）

（這個女郎的身分，於是變得更神秘，即使是全國警察總監，也不敢到皇宮去要人的。）

（這個神秘女郎後來一直沒有出現，可是當時她卻十分重要，更加神秘——

這是後話，表過暫且不提。）

陳耳的呼吸聲聽來粗聲粗氣：「請繼續說。」

保安主任道：「電梯門關上，電梯中，只有三個人，我絕料不到會有那麼可怕的事發生。」

（溫寶裕怒極，雙手握着拳，手指發白，指節骨發出「拍拍」的聲響。）

（我也想不出用什麼適當的話去安慰他。）

保安主任繼續說：「我在幾秒之後，就搭了另一架電梯到六樓——沒有人和我一起，才出電梯不久，就接到了緊急的傳呼，我嫌電梯慢，從樓梯上直衝下去，到了大堂，就看到了可怕之極的景象……那麼重要的人物，死得如此可怕……」

保安主任的聲音，聽來甚至有點嗚咽。

「我身為酒店的保安主任，在警方人員未曾來到之前，自然要執行我的責任，我認為我自己做得很對，我在迅速地了解情形，知道電梯門在大堂一打開，死者的身體就倒出來之後，就嚴密監視了那青年人。」

陳耳吸了一口氣：「你認為那青年人有嫌疑？」

保安主任發出了兩下乾笑聲：「陳警官，他不可能自殺，女郎也不會殺他，誰有嫌疑？那還不明白麼？」

陳耳沉默了片刻，他算是相信溫寶裕的了，他道：「那青年人的供詞，和你所說的，完全不一樣。」

保安主任繼續乾笑：「哪有行兇者會說實話的？」

（溫寶裕用力一拳，打在桌上，把那具小錄音機震得陡地彈跳了一下。）

（溫太太張大了口，臉色煞白。她本來雖然肥胖，但皮肉還是十分光滑紮實，可是這時，卻一下子鬆弛了下來，像是在十分鐘之內，老了十年，看來十分可怕。）

（我抿着嘴，一聲不出。）

（陳耳望着我，顯然是在說：「換了你是我，會讓溫寶裕離開嗎？」）

聽完了保安主任的敘述經過，房間裏除了粗重、急促的呼吸聲之外，沒有別的聲響。首先打破寂靜的，反倒是說話不多的猜王降頭師。

他的語音也有點焦急，但是故作鎮定：「不要緊，溫先生由我帶到一處隱秘的地方去……例如說史奈大師居住的那個小島，就可以保得安全。」

溫寶裕的聲音有點發顫——當然是為了激憤，不是為了害怕：「我沒有殺人，為什麼要躲起來。」

我搖頭：「現在，就算你要躲起來，也不容易。酒店保安主任在軍方手裏，他的供詞，可以使你殺人的罪名成立，或許有某方面的勢力，希望快點解決這件事，那你就是最好的替罪羔羊，怎肯放過你？我看，若不是猜王降頭師在這裏，早已有軍隊進攻警局了。」

溫寶裕不怒反笑：「同一個國家的軍隊，進攻自己的警局，這也可算是天下奇聞了。」

我悶哼着：「也不是不可能，陳警官，兩個在現場的人，各執一詞，唯一的方法，是請在場的第三者，那個女郎出來說話。」

陳耳嘆了一聲：「不知道為了什麼原因，王室也介入了這件事，這令得警方全然無能為力。」

我向猜王望去：「貴國的儲君，很久沒有公開活動了，他——」

猜王的神情默然：「儲君自從變盲之後，一直和他心愛的女人在一起，絕對不見外人，也不是住在皇宮中，我看不必牽涉他在內。」

我思緒有點亂：「那就只有請史奈大師出馬了，他在皇宮中，也有極高的威信，或許可以通過他，把那女郎帶到警局來？」

猜王遲疑了一下：「不必史奈大師出馬，我也可以達到這個目的，問題是，我一離開之後，這裏必然會出現極可怕的變化。」

他說到這裏，斜眼向溫寶裕望了一眼：「除非溫先生肯改變主意。」

溫寶裕苦笑：「要我怎麼做？」

猜王的回答來得極快：「不管你有沒有殺人，你先跟我去躲一躲。」

溫寶裕的神情難看之極，顯然他絕不願意，但是我認為這個辦法可行，所以我道：「這是好辦法，你有辦法帶他離開？」

猜王深深吸了一口氣：「硬來，降頭師的地位是不是可以維持下去，就要看我的行動能否成功了。要是連我也死在亂槍之下，那麼，全國會有一場什麼樣的混戰，我也無法想像。」

猜王說得十分嚴肅，我望向溫寶裕，溫寶裕也知道事態非同小可，他不再堅持，點了點頭。我又道：「我們三個人一起向外闖，陳警官，請給我最有效的武器，有比M十六更先進的？」

陳耳苦笑：「只有M十五，你……不是要硬衝出去吧？你沒有看到外面有兩輛坦克在？」

我道：「用來防身也是好的，武器不一定要進攻，也可以有一定的阻嚇作用。」

溫寶裕沉聲道：「我也要一支。」

溫寶裕這樣說，我並不感到意外，意外的是溫太太忽然陡地站起——當她以快動作站起來的時候，她整個人都像是果凍一樣在顫動，她竟然大聲道：「我也要一柄，M十五。」

我嚇了一跳，雖然在這樣的情形之下，也幾乎失聲大笑，我忙道：「溫太太，你和陳警官留在這裏，不會有危險，別胡來，別再尖叫，一有機會，立刻回去。」

溫寶裕也忙道：「媽，不論這裏發生了什麼事，一回去，立刻去找衛夫人，要是我們有了不測，衛夫人會找原振俠醫生，原醫生會找黃絹將軍，調動海陸空三軍進攻，為我們——」

我不等他把「報仇」兩字說出口，就大喝一聲：「住口。」又轉對溫太太：「小寶說得對，白素能應付任何巨變，有事，可以去找她。」

溫太太伸出胖手來，指了指我，又指了指外面，現出駭然的神情，我嘆了一聲：「她應變能力極強，以前，有一次我被送到別的星球去，她等了我六年。」

溫太太十分不解地眨着眼，這時，陳耳已通過電話，發出了一連串的命令，而外面，隱隱有槍聲傳來，而且愈來愈是密集，幾個警官匆匆忙忙奔進來，叫道：「乃璞少將下令向天開槍，說是再不把兇手交出來，他只怕也不能控制軍人的情緒。」

陳耳又驚又怒：「去對他說，根本沒有兇手。」他轉過身來：「我們的行動要快，保安主任在軍方手裏，如果乃璞少將手中有了同樣的供詞，一口咬定溫先生是兇手時，就走不脫了。」

他一面說，一面把他吩咐送來的一柄M十五，交給了我，另一柄，他想交給溫寶裕，可是臨時又改變了主意，搖着頭：「不好，你是焦點人物，要是手上有武器，會刺激軍人採取行動。」

溫寶裕老大不願，陳耳已把一件防彈背心遞向他：「你穿上這個。」

溫寶裕拒絕：「心口背後避了彈，腦袋開花，還不是一樣死。」

溫太太一把摟住了他的身子，淚如泉湧，大哭起來，溫寶裕拼命掙扎，總算掙了開來，喘着氣：「媽，你放心，我從小沒有給你煩死管死抱死，像剛才，我居然還能透氣，也就不至於死在這裏。」

溫太太連連頓足：「不准你講那個『死』字。」

陳耳又勸猜王穿上防彈衣，猜王伸手接了過來。我剛在想，難道神通廣大的降頭師，也要借助防彈衣，反倒不如溫寶裕嗎?就在這樣想的時候，看到猜王的神情十分嚴肅，接過了防彈衣之後，用力一拋，拋到了地上，重重踏了一腳。

接着，他的臉上，更有一種十分莊嚴的神情，雙手向上略舉了一舉，就去拉上身的衣服，一陣「劈劈啪啪」的響音過去，他上身的衣服，盡皆撕裂，隨撕隨拋，轉眼之間，他上身已然赤裸。

這時，外面仍然有密集的槍聲和呼喝聲傳來，可是在這間房間中，卻靜到了極點，人人的視線，都集中在猜王降頭師的身上，幾個送東西來的警官和報訊的，都自然而然跪了下來，雙手合十。

猜王降頭師在撕脫了上衣之後，形象怪異神秘之極。

猜王臉上的神情，並沒有什麼變化，仍然是一張圓圓胖胖的臉，只不過眉宇之間，已絕不是笑意，而多了一股十分陰森，令人一望就不寒而慄的陰森之氣。

但是這並不足以令人吃驚，叫人一看就心頭狂跳，禁不住要冒冷汗的，首先是他腰際圍着的一條七色斑斕的「腰帶」。

那「腰帶」，本來被他的上衣遮着，看不見，上衣一扯脫，就顯露了出來，乍一看，確然會以為那是一條腰帶，只是驚詫於它顏色之鮮艷。可是定睛一看，卻可以看到那條「腰帶」正在動，蠕蠕地動，再仔細一看，圍在他腰際的，根本不是什麼「腰帶」，而是一條身子扁平如帶的蛇。

那蛇身上的鱗，顏色鮮艷之極，而且閃閃生光，妙在扁平的，看來近乎四方的蛇頭，竟咬住了蛇尾，一匝，剛好是胖胖的猜王的腰圍，那蛇的雙眼，閃耀着一種詭秘絕倫的綠黝黝的光芒，彷彿在告訴人家：猜猜叫我咬上一下之後，會有什麼結果。

腰際圍着這樣的一條怪蛇，那還只不過叫人感到驚愕，猜王降頭師身上的情形，才是叫人驚駭之至。他身形很胖，皮膚白皙，脫了衣服，露出了上身，卻有許多古怪之極的東西附着。

在他的心口，是十來隻小得只有手指甲大小，看來身體扁平如蟾蜍一樣的小動物，巧妙地列成了一個人形。在右邊是一隻毛長有十公分的，全身發黑光的蜘蛛。腹上的那一塊皮膚上，是灰色的一個骷髏形，由許多不知名的小甲蟲排列而成的——那些小甲蟲在作有限度的移動，看來就像骷髏是活的一樣。

另外，在他的肩頭上，手臂上，都有許多顏色形狀古怪之極，見所未見，聞所未聞的生物，爬在他胖白的肌膚之上。

然而，這一切加起來，也不如他背後那一團血紅色的斑塊可怕，那一塊鮮紅色，就像是把他的肉挖走了，剩下了一個洞，留着一汪永不凝結的血一樣，而且還在擴大和縮小——大、小的程度，看來和人體的心臟收縮擴大的程度相若，速率也如心跳，所以，那情形，看來又像是他的心被挖了出來，懸到了背後，簡直可怖之極。

我緩緩吸了一口氣，知道猜王降頭師身上的一切，都和神秘莫測，幾乎可以控制操縱人類一切行為的降頭術有關連。

降頭術是蠱術的衍化，我曾對蠱術有過十分深刻的接觸，知道這種神秘莫測的異能的一些來龍去脈。所以眼前的情景，雖然怪異，還可以接受。

溫寶裕乍一見猜王降頭師身上的這種情形，自然吃驚，但是他立時想到，自己因禍得福，可以接觸到神秘的降頭術，他又是刺激，又是興奮。

溫太太一想到兒子竟要和這樣一個滿身蛇蟲鼠蟻的怪人在一起，簡直什麼可怕的事都會發生，不禁又悲從中來，飲泣不已（幸而她不是號哭）。

我知道，猜王現出了這「滿副披掛」來，是想藉此大搖大擺走出去。在這裏，人人都知道降頭術的詭異和可怕，人人都知道降頭術是一種招惹不得的力量。有了這種先入之見，再一見到並不是隨便可以看到的一個十分有地位的降頭師的法體，自然會心頭感到特別震懾（那幾個警官就立時跪了下來）。

在那種情形下，如能爭取到幾分鐘的時間，就可以安然離開警局，到達安全地帶了。

我很佩服猜王在那一剎那間有這樣的決定，看來要成為一個出色的降頭師，需要有多方面的才能才行。像地位最高的史奈大降頭師，就有兩家著名大學的博士頭銜，降頭術的內容非常豐富複雜，決不如普通人所想像的念念咒畫畫符而已。

我也知道，要是猜王的降頭師身分不能起作用，憑我手上的一柄M十五，也決衝不出重重包圍，所以我掀起上衣，把那柄自動步槍，藏在上衣之下，猜王向我會意地點了點頭，向溫寶裕作了一個手勢：「緊跟在我的身後。」

溫寶裕顯然為他正在經歷生命中的一次大冒險而興奮之極，啞着聲音，答應了一聲，站到了猜王的背後，我則跟在溫寶裕的後面。

猜王在開始起步之前，口中發出了一下怪異的叫聲，一個警官忙跳起來，把門打開，我們一行三人，向外穩步地走出去。

第五部

降頭師大展神威

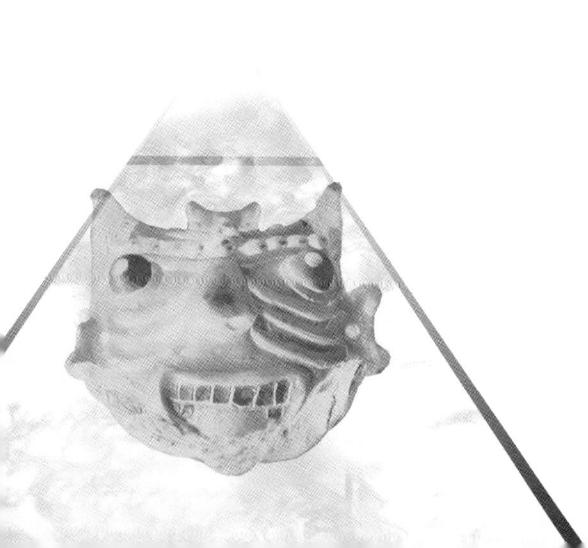

在推開猜王曾下令不准人擅入的那道門之前，當然沒有什麼事發生，只是一陣陣的槍聲，聽來十分刺耳。一推開了那扇門，本來門外，至少有十幾個人在爭吵和七嘴八舌呼喊的，猜王在門一推開時，就發出了一下尖嘯聲，隨着那一下尖嘯聲，門推開，盤在猜王腰際的那條怪蛇，突然落地，而且豎直了身子，只以尾尖的一小截貼着地，向前移動，替我們開路，牠豎直之後，比人稍矮一些，蛇信極長，作綠色，至少有五十公分長，吞吐之間，刷刷有聲，快疾無倫，怪異莫名。

一時之間，所有的聲音全都靜了下來，也就只有蛇信吞吐的刷刷聲。

在外面的將軍、軍官，還有不少穿着便衣，但幾乎沒有在額上寫上「我有特權」的人，全都神色大變，一起靜了下來，連大氣兒也不敢出，一個神情標悍的將軍，一伸手，按到了佩槍上。

看他的樣子，像是受不了這種場面，想以他所佩的連發手槍，來找回他應有的尊嚴。

可是他的手一按到了槍上，猜王就發出了一下悶哼聲——那是十分輕的一下聲響，絕對不是呼喝。

猜王在發出這下聲響的時候，視線直投向那個想拔槍的將軍而已。

說也奇怪，隨着猜王的一哼，那條怪蛇的蛇頭，向着那個將軍，倏地伸了一伸，那將軍按在槍上的手，便不由自主，發起抖來。

猜王開口說話，聲音十分低柔，就像是女人在責備頑皮的小孩子一樣，他道：「別鬧着玩，別擋着錦衣蛇的去路，猜王的降頭術會保祐你們，不會有人會和猜王的降頭術作對吧，嗯？」

他最後那一個「嗯」字，倒是聲色俱厲，同時，他目光炯炯，緩緩向眾人掃過，雙臂向上微揚，身上那些古古怪怪的東西，更叫人看了心裏發毛。

剎那之間，更是人人連大氣都不敢出，仍然由那條怪蛇開路——那蛇行進的姿勢怪異莫名，牠只有尾尖一截點地，先是頭向前極快地一衝，然後再挺直，七彩斑斕的蛇身，在一斜一直之間，就已經向前移動。

三人一蛇的行列，我在最後，只覺得像是時光倒流，或是時間轉移到了武俠神怪小說的年代之中。

我跟在溫寶裕的後面，自然看不到他的神情如何。可是從他的背影和步法上，也可以看出，他這時心中，興奮到了極點，他在開始走出來時，雖說大膽，畢竟也有點害怕，所以一步一步，走得戰戰兢兢。而這時，他看到猜王降頭師具有這樣的神通，把一干兇神惡煞的人，鎮得個個屏住了氣息，他不但腳步輕鬆，簡直是手舞足蹈，若不是氣氛又詭異又緊張，只怕他會忍不住脫口高呼。

一行人向前走着，出了那個看來像是議事廳一樣的房間，外面是一條走廊。在出房間的時候，溫寶裕回頭向我望了一眼，作了一個鬼臉，向我的腰際指了一指。

我明白他的意思，是說我要了那柄M十五，十分多餘，只要有猜王降頭師在，一切都不成問題。

我卻並沒有那麼樂觀，降頭術雖然神奇莫測，在這個國度中又長久以來，深入人心，令許多人在心理上對它產生畏懼感，也更增加了它的氣勢。但是這宗兇案所牽涉的事實在太大，說不定會有愍不畏死的人，出來生事，所以小寶向我做鬼臉的時候，我狠狠瞪了他一眼。可是，我又立即同意了他的暗示——

我要了那柄自動步槍，確然沒有什麼用處。

因為，我們才走入那走廊，走廊的一端，就傳來一陣急促的跑步聲。在離我們約有二十來步的對面，四個軍官已並排站定，他們的肩上，都負着小型的火箭筒。

走廊相當寬，這四個帶了那麼強力的攻擊性武器的軍官，兩個一邊站定，中間還有點空位，一個神氣活現的將軍，在這時出現，就站在中間，不過比那四個軍官較後，不是並排。

一看到阻住去路的四個軍官肩上的火箭筒，我自然不會認為憑一支自動步槍就可以對付得過去。這四支小型火箭若是一起發射的話，不但是我們三個人一條蛇，連我們身後會議室中的那些人，連會議室，連被射中的整幢建築物，都會化為烏有，全被摧毀。

我清楚聽到溫寶裕的喉間，發出了一下難聽的聲響，腳步也停了下來，令我幾乎撞到了他，我立時伸手，在他的背上，輕按了一下，示意他必須絕對保持鎮定。溫寶裕年紀輕，冒險生活的經驗不足，可能在這樣的局面下驚惶失措。

而在這種情形下，最忌就是驚惶，一開始害怕吃驚，就是處於下風的開始。

猜王降頭師顯然十分明白這個道理，所以他根本沒有停下來的意思，看來像是那幾個人根本未曾出現過一樣，仍然如常向前走着。

相隔不過二十來步，自然很容易接近，等到只有十步左右的距離時，那將軍陡然喝：「站住，把兇手交出來。」

猜王仍然向前走着，只發出了一下冷笑聲。

那將軍大叫一聲，揚了揚手，四個軍官肩上的火箭筒，也立即被抬到可以立即發射的位置上。

溫寶裕緊張地反伸出手來，我在他的手上，輕拍一下，示意他放心。眼前的情形，看來雖然駭人，但是我一點也不緊張——那位將軍，十分明顯地不懂得如何打仗，他的四個手下，這時所帶的武器，要不是那麼誇張，只是自動步槍的話，那我也會害怕。

可是，這位將軍為了追求懾人的效果，卻忘了這裏不是曠野，是一幢建築物之中，而且在建築物之中，還聚集了許多各方面的重要人物，這四枚火箭一發射，一切都被破壞，再大軍銜的將軍，也負不起這個責任。

所以，當猜王在怪蛇的開路之下，仍然穩步向前走着的時候，將軍的神情，又驚又怒，又是慌亂，連那四個肩上有着強力武器的軍官也不知所措，頻頻向將軍望去。

等到距離愈來愈近時，猜王降頭師開始發出冷笑聲來，他只笑了三下，那種聽來陰冷之極，令人毛髮直豎的笑聲，已令得將軍和那四個軍官，連退了三步，等到他發出第四下冷笑聲時，對方已經徹底崩潰，那將軍揮着手：「等一等。」

猜王降頭師冷冷地道：「命令你所有手下完全撤退，乃璞將軍，這裏沒有你要的兇手，我會在請示史奈大師之後，由史奈大師主持，運用降頭術的力量，使兇手現身，到時，可以考慮交給軍方處置。」

乃璞將軍大口喘着氣，先是後退幾步，然後，轉過了身，大聲發布着命令，顯然猜王的一番話，令他感到了相當程度的滿意。

緊張的局面明顯地緩和了下來，我也鬆了一口氣。

猜王剛才所說的那番話，我不是十分容易接受，因為我對於降頭術不是懂得很多，降頭術是一個極其奇異的領域，完完全全獨立於實用科學之外，是玄學的一門非常高深的學問，其牽涉到的範圍之廣，令人咋舌，它包括各種巫術、法術、生物學、細菌學、遺傳學等等方面的知識——史奈大師就有兩個博士的學位。

我早年接觸過的有關蠱術的經歷，只不過是降頭術千百種內容中的一種而已。原振俠醫生在這方面的經歷，比較豐富得多。

猜王向乃璞誇下口，說是可以通過降頭術找出兇手，說不定降頭術之中，真有這樣的本領。他說的話，雖然不容易接受，但也不能隨便否定。

（後來，在降頭師的行動中，我更進一步知道，降頭術的法術部分，真是匪夷所思——這是後話，由於情形實在太奇妙不可思議，我性子又急，所以忍不住先提一提。）

將軍的命令生了效，可是警局外，仍有許多軍人，三三兩兩在一起，看來仍然隨時會有變故發生。猜王到了警局之外，高聲撮唇一嘯，那條蛇一轉身，竄了回來，自動圍在他的腰上，仍然是蛇口咬住了蛇尾。猜王也穿上了上衣，這時，有一輛看來十分殘舊的車子，駛到了猜王的面前，停了下來。

車子深灰色，十分特別的是，在引擎蓋上，有一個鮮黃色的圓圈，圈中是一條彩色絢麗的蛇，正是猜王圍在腰際的那條，這顯然是猜王降頭師的徽號。我也注意到了車子在駛過來時，橫衝直撞，如入無人之境，其餘人車，紛紛走避，可知猜王降頭師在這裏，絕不是簡單的人物。

這一切，把溫寶裕刺激得樂不可支，他真正有點得意忘形了，不但手舞足蹈，發出沒有意義的叫聲，竟然對我道：「麻煩你照顧一下我的母親，我跟降頭師去，我要拜師學藝，說不定什麼時候——」

他自然想說「說不定什麼時候才能回來」，而我聽到這裏，已是忍無可忍，大喝一聲：「說不定什麼時候，把你綁到刑場，執行槍決。」

溫寶裕眨着眼，我指着他，狠狠地道：「你惹的麻煩極大，要是真兇不出現，你就是兇手。」

溫寶裕仍然眨着眼：「史奈大師一作法，真兇就必然現身，我怕什麼？」

他說着，一副有恃無恐的神情，望定了猜王，猜王作了一個手勢，示意上了車再說。

溫寶裕拉開前面的車門，閃身就坐了進去，可是車門還沒有關上，只聽得他發出了一下驚呼聲，立時又向外跳了出來，臉上一陣青一陣紅一陣白，指着車子，一句話也說不出來。

看到了這種情形，我並不感到意外——這輛車子屬於猜王所有，猜王是一個降頭師，他身上就不知道有多少怪東西。

車子之中若有什麼怪異，把溫寶裕嚇成這樣，自然也不足為奇。

這時溫寶裕的神情，真是怪異莫名，指着車子，張大了口，喉間「咯咯」有聲，卻是一句話也說不出來。

我覺得十分好笑，溫寶裕被嚇成這樣子，這種情形十分少見，我也向猜王望去，意思是，若是車中有什麼太怪異的東西，能不能請他先收一收。同時，我也十分疑惑車中不知究竟有什麼？

可是，猜王的神態，也奇怪之極，他望着溫寶裕，一副莫名其妙的神情，像是根本不知道溫寶裕為什麼要害怕一樣。

他的這種神情，我也不以為怪，因為一個降頭師看慣了的東西，他不以為意，可是平常人看了，可能要作三日嘔，或者做三晚噩夢。曾聽説過有一種降頭術，叫「血鬼降」的，竟然是一個行動如飛、帶血腥氣的血紅色的影子，普通人見了，能不嚇得昏過去嗎？

同時，我的好奇心也大增，心想在車子的前座，不知究竟有什麼可怕的東西，我也瞪了溫寶裕一眼，怪他太膽小，在降頭師面前丟人。

溫寶裕直到這時，才結結巴巴道：「那開車的……司機……那司機……」

我不等他説完，就已經打開了車門，俯身前看，把溫寶裕嚇成那樣子的那個「開車子的司機」。一看之下，我也不禁怔了一怔。

那「開車子的司機」，小寶由於驚駭，有點語無倫次，才會有這樣累贅的説法，我之所以自然而然學了他，也是因為一看到那司機，就十分吃驚的緣故。

那司機其實絕不至於令人感到可怕，相反地，看到她的人，會感到她十分可愛，因為她的確極可愛，她是一個十六七歲的少女，這時，正睜大着滾圓的眼睛望着我，臉上又有稚氣，臉龐嬌艷俏麗，散發着無可形容的青春氣息，彷佛她全身的每一個部分，都在告訴看她的人：我有生命的活力，我可以飛躍，我青春，我美麗動人。

我在一看之下，自然也知道了何以溫寶裕忽然發出驚呼聲，跳出車子來的原因了，因為這個膚光如雪，身子已經發育到全然是一個成熟女性身體的少女，身上的衣服，穿得極少，不但少，而且極怪。她穿着一條有荷葉邊的短裙，短得不能再短，以致一雙粉光細緻、渾圓結實的大腿，全裸露在外。

她赤足，在小腿近腳跟處，套着五六雙金釧子，金光燦然，十分好看。我打開車門望過去，只看到她身子的一邊——她雙腿的一邊，我看到她的左腿上，在雪白的肌膚上，有殷藍色的刺青，那是一條足有三十公分長的蜈蚣，生動之極，也詭異之極。

短裙上，是她的細腰，然後是一件短短的小背心，恰好能遮住她飽滿的胸脯，可是雙肩和雙臂，卻是全部裸露在外。

裙子和衣服，全都是十分耀目的寶藍色，在她一邊的肩頭上，也有小小指甲大小的刺青，那是一朵花，她的額上，勒着一根兩公分寬的藍色緞帶，上面有着同色的許多刺繡，由於同是藍色，所以不是很容易看得清楚上面繡的是什麼。

藍色的緞帶把她的一頭長髮束在一起——不知道為什麼，我的視線，一接觸到了她的頭髮，就覺得她的頭髮不是黑色，彷彿是一種極深極深的深藍色，就像是夏日沒有月亮的晴空的那種深邃無比的藍色。同樣的，她那一雙靈活無比的眼珠，在顏色上也給人以同樣的感覺。

我這樣詳細地形容這個少女，是由於她在以後的故事中，佔着相當重要的地位之故。

我一看到她，在怔了一怔之後，也知道了為什麼溫寶裕會怪叫着逃出來的原因了。溫寶裕介乎少年和青年之間，這年齡，正是對異性十分敏感的年齡，他剛才一進來坐下，多半有想對司機表示親熱的行動，例如想去拍拍司機的肩頭之類，可是忽然之間，看到的是一個大半裸的美艷少女，他怎會不怪叫起來？

我這時，覺得這樣盯着人家看，十分不禮貌，所以我對她笑了一下，打招呼和自我介紹：「我叫衛斯理。」

那少女巧笑嫣然：「我叫藍絲，藍色的藍，絲綢的絲。我是一個苗人。」

這時，車後座的門也已打開，溫寶裕神情尷尬忸怩地進車子來，猜王也跟着進來，坐在車後面，所以，藍絲的自我介紹，他自然也聽到了，他立時現出極有興趣的神情來。猜王關上車門，進一步介紹藍絲：「藍絲是中泰邊境，著名的藍家峒的苗人，她那一族對降頭術很有研究，現在，她是我的徒弟。」

溫寶裕聽得驚訝不已，「啊啊」連聲，忽然又發起議論來：「是啊，苗人中，多有姓藍的。」

我低聲道：「小寶，別亂說。」一面我向藍絲介紹他：「他叫溫寶裕，是很有冒險精神，有時也不免亂說些什麼的一個人。」

藍絲十分大方，轉過身，向溫寶裕伸手出來，溫寶裕喜極，連忙也伸手，握住了藍絲的手，忘形地搖着。藍絲道：「剛才你說什麼？說要投師學藝？如果師父肯收你，我就是師姐，你就是師弟。」

藍絲的性格，看來也十分活潑，她樣子俏，語言動聽，一番話，直說得溫寶裕雙眼發直，只知道「嗯嗯啊啊」，不知如何應對，就差沒有口噴白沫了。

我看了他這種情形，心中不禁暗叫一聲不好，知道在溫寶裕的心中，一定有一些什麼事情發生了，發生的事，對他來說，可能重要之極。

我曾經見過許多次，溫寶裕和良辰美景在一起的情形，良辰美景同樣是十分俏麗動人的少女，可是我從來未曾看到過溫寶裕在她們的面前，有這樣的神情。良辰美景在溫寶裕的心中，可能甚至不覺得她們是異性，但是這時，溫寶裕舉止失措，神情失常，正是少男在一個異性之前，而且是使他感到震盪的異性之前的正常反應。

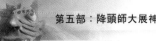

藍絲看到溫寶裕這種神情，想笑而不好意思笑，俏臉上笑意洋溢，令她看來更是動人，溫寶裕忽然嘆了一聲：「你真好看。」

藍絲一聽，眼瞼下垂，長睫毛抖動，聲音更輕柔動人：「苗家女子，有什麼好看的。」

溫寶裕深吸一口氣：「你真好看，我要是說話言不由心，叫我……」

我大吃一驚，溫寶裕真是太胡鬧了，就算他對藍絲有好感，也不必承諾什麼，藍絲是一個降頭師，要是溫寶裕一時口快，承諾了什麼，後來又做不到的話，那可能會形成極可怕的後果。

（在我很年輕的時候，曾有極可怕的經歷，和一個青年人和苗女之間的事有關，整件事，記述在名為《蠱惑》的這個故事之中。）

所以我連忙打斷他的話頭：「小寶，你剛才胡說什麼，怎知苗人有姓藍的？」

溫寶裕被我打斷了話頭，沒有生氣，也沒有再接下去，只是仍傻乎乎地望着藍絲，藍絲也不轉回頭去，和他互相望着，看來她也忘了自己要開車子。

他們對望的時間，其實並不是太久，可是誰都可以看得出，他們兩人之間眼神的交流，已勝過了千言萬語。

我向猜王望去，猜王向我作了一個他不好意思催開車的神情。

小寶的神情，用「失魂落魄」四個字來形容，再恰當也沒有，我不禁搖頭，想不到溫寶裕到這裏來，會有那麼多奇遇。

過了半分鐘，溫寶裕才如夢初醒，身子忽然震動了一下，吁了一口氣，藍絲也在這時，發出了一下低嘆聲，轉回頭去，十分熟練地駕着車，向前疾駛而去。

溫寶裕直到這時，才又突然記起我的問題來：「我當然知道，雲南五毒教的教主，就姓藍，叫藍鳳凰。」

我呆了一呆，猜王不知道溫寶裕何所據而云然，神情十分緊張，失聲問：「五毒教？」

藍絲卻知道這個「藍鳳凰」究竟是什麼樣人，所以她咯咯嬌笑了起來：「你這人真有趣，小說裏的人，怎麼當真的了。」

溫寶裕自己也笑了起來：「還有，《蜀山劍俠傳》裏的紅髮老祖，是苗人，就叫藍苗子，可知苗人多是姓藍的，像藍絲。」

藍絲側了側頭：「我算什麼。」

我就坐在她的身邊，看到她滿臉笑意，眼神蕩漾，雖然望着前面，卻一秒中有好多次自倒後鏡中看她身後的溫寶裕，我敢打賭，她此時絕無法集中注意力注意路面的情況。

苗家女子多早熟，我不想溫寶裕的母親又怪我——想想溫太太知道了溫寶裕和一個苗女降頭師要好的情形？光是藍絲的打扮，和她兩腿上的刺青，就會把她嚇得四分五裂。

（我坐在藍絲的身邊之後，看到她兩腿上都有刺青，左腿是一條蜈蚣，右腿是一隻蠍子，這種造型，還真有點像五毒教的教主。）

我乾咳了一聲：「是不是由我來駕駛？」

藍絲立即知道我在暗示什麼，剎那之間，滿臉通紅，不敢再去看倒後鏡。溫寶裕多半由於情緒高漲，所以滔滔不絕：「你姓藍，一定很喜歡藍色了？天和海都是藍色的，哈，你可知道，有一種異星人，血是藍色的，衛斯理早年就曾遇到過。」

藍絲也有聞所未聞的神情，車子的行進，自然也就不是十分正常。猜王看來對藍絲十分縱容，並不阻止，反倒笑嘻嘻的十分欣賞，我心中暗嘆了一聲，也就只好聽其自然了。

第六部

藍絲姑娘

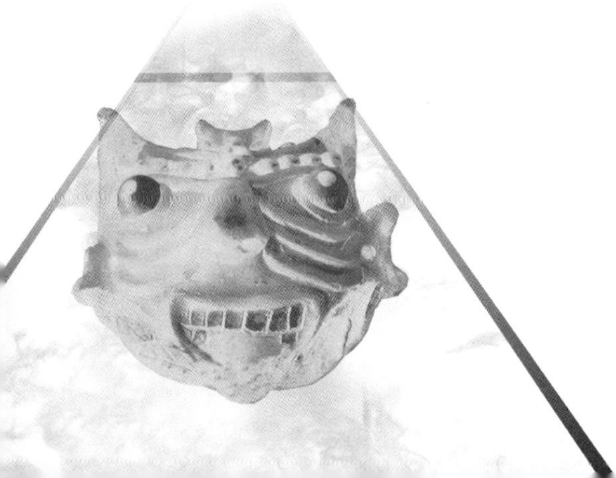

車行十來分鐘之後，我才想起：「我們到哪裏去？」

猜王道：「希望能見到史奈大師，就算見不到，也希望能把那女子找出來。」

我知道猜王所說的「那女子」，就是兇殺案發生時，在死者身邊的那一個。

藍絲這時，又望了倒後鏡一下：「聽說你惹了一件大麻煩？」

他們兩人的眼神，通過鏡子而接觸，溫寶裕那種興奮的神情，連我也可以感覺得出來，他一連作了十來秒鐘十分瀟灑的動作——他相貌俊美，身形也夠高，本來，任何自然的動作，看來都十分自然漂亮，可是這時，他一刻意做作，看來就有說不出來的生硬滑稽。

他攤着手：「不算什麼，要不是惹了這個麻煩，也不能認識你。」

我聽到這裏，乾咳了一聲，溫寶裕也十分機警，立時在「你」字上拖長了聲音，又加上一個「們」字，算是把猜王降頭師也加在內。

猜王自然知道溫寶裕在玩什麼花樣，他「啊啊」笑着，神情十分祥和，又伸出了胖手，在溫寶裕的肩頭上，輕輕拍了一下。

可是，當溫寶裕也帶着笑臉，向他望去之時，他的面色陡然一沉，變得十分陰森可怕，在那一剎那間，溫寶裕笑容僵凝在臉上，不知怎麼才好。我在倒後鏡中看到這種情形，也為之一呆。

猜王壓低了聲音，向藍絲指一指：「她在投師時，曾立下誓約，三年之內，不能離開，現在才過了一年。」

溫寶裕本來還以為不知有多嚴重的事，聽到猜王這樣說，大大鬆了一口氣：「那不算什麼，還有兩年，快得很，三年，在降頭術中的地位，相當於什麼？」

藍絲嬌聲回答：「小學畢業。」

溫寶裕笑：「到那時，能利用降頭術，叫人神魂顛倒？」

藍絲閃過「不懷好意」的笑容：「不必到那時，現在就可以。」

他們兩個人，竟然相識不到半小時，就公然打情罵俏起來，我轉頭瞪了溫寶裕一眼，他才略知收斂，可是那種恨不得和藍絲講個不停的神情，仍然不能遏止。

大約在二十分鐘之後，車子停在一幢極精緻的小洋房前，藍絲伸手取出遙控器，按了一下，花園的鐵門徐徐打開，車子駛了進去。

花園不大，可是十分清雅，草地碧綠，可以種花的地方，種滿了玫瑰花，整理得極好，各色玫瑰齊放，空氣之中，也滿是玫瑰花那種獨特的香味。

屋子的門緊閉着，看來像是沒有人，四周圍都靜悄悄地，等到車子駛過碎石路，在屋子面前停下來時，猜王就皺了皺眉：「史奈大師不在。」

我問了一句：「這裏是史奈大師的住所？」

猜王搖頭：「不，這裏主人……我和大師在這裏，都有專用房間。」

他在提及這屋子的主人時，支吾其詞，含糊了過去。我知道對他們降頭師來說，有很多禁忌，所以也沒有問，只等他進一步的行動。

猜王像是在自言自語：「要是他肯的話，從皇宮中把那女人叫出來，應該輕而易舉。」

我不知道他那樣説是什麼意思，只好望着他。那時，藍絲已打開車門走了出去，在草地上，盡量把身子挺直，再向上彈跳——她那樣做，當然並無目的，只是在發泄她的青春活力。

其時，夕陽西下，園子中又全是花朵，襯得她的身子，美艷絕倫，連帶她一雙玉腿上本來應該很猙獰可怖的刺青，竟也成了十分奇妙的圖案，使她整個人形成的那種叫人心靈震撼的視覺效果，更加突出。

無可否認，那景象極之美麗和吸引，我也看得賞心悅目，溫寶裕自然更不用說，像是入了迷一樣，他伸手要去推開車門，目的自然是想到那草地上去，和藍絲一起蹦跳，可是猜王卻一伸手，拉住了他，低聲道：「別亂走，這裏到處都有降頭術的禁制。」

溫寶裕嚇了一跳，吞了一口口水。猜王又道：「等一會，會見到兩個人……嗯……是屋主人夫婦，溫先生，最好請你不要亂發問，事後，如果你想知道他們是什麼人，想知道他們的故事，可以去問原振俠醫生。」

猜王這樣一說，我和溫寶裕都立時明白了，因為原振俠醫生的那一段經歷，我們都知道，那故事和兩個大降頭師有關，故事就叫《降頭》。

猜王向我們眨了眨眼，表示他並沒有向我們透露過屋主人什麼，我們會意地微笑。

藍絲在這時奔了過來，打開車門，竟然一伸手，就把溫寶裕拉了出去，苗家少女的熱情爽朗，藍絲全有。她一面拉着溫寶裕出去，一面道：「這裏不能亂走，你最好跟在我的身邊，跟得愈近愈好。」

溫寶裕半閉上眼睛，深深吸着氣，一副調情老手的陶醉樣子，口中喃喃有詞：「固所願也，不敢請耳。」忽然，他又睜大了眼睛，目不轉睛地望着藍絲的身上：「怪哉，什麼氣味，那麼好聞。」

藍絲嬌俏地望着溫寶裕，眼中反映着艷紅的夕陽餘暉，神情動人。

溫寶裕又用力嗅了一下：「這香味是從哪裏發出來的？」他一面說，一面就湊向藍絲，竟要去聞藍絲的臉。藍絲也不避，反手按向額上勒着的那根帶子，看樣子是想把那根帶子解下來。

這時，我和猜王也剛出了車子，我一看到這種情形，就覺得溫寶裕太過分了，雖然說少年男女在一起，落拓形迹，沒有男女之分，不是壞事，像溫寶裕、胡說和良辰美景在一起，就沒有什麼男女的界限，可是我總覺得溫寶裕和藍絲之間，不可以一下子就親暱到這種程度。藍絲是苗人，又是降頭師，一定有許多禁忌，是常人所難以理解的，溫寶裕大膽胡鬧，要是觸犯了那些禁忌，不知會有什麼結果。

所以，我一看到溫寶裕向藍絲湊過臉去，我就疾聲叫：「小寶。」和我一開口的同時，猜王的聲音也很嚴厲，他也在叫：「藍絲。」

我們兩人一叫，藍絲和溫寶裕兩人的動作，陡然靜止，兩個人像是雕像一樣，一動不動。當然，這種情形並沒有維持多久，而這時，又有別的事發生，也避免了他們兩人由於被喝而產生的尷尬。

這時，在屋子的上層，有開門的聲音傳出來，二樓的陽台，有一扇門打開，一個身形婀娜動人的女人扶着一個身形很高，即使在夕陽餘暉之中，看來膚色也太蒼白的男人走了出來。

那男人顯然易見，是一個盲人，女的穿着傳統的民族服飾，體態極美，可是頭上卻罩着一隻細竹絲編成的竹簍子，以致她的整個頭臉，完全不見，但是她卻可以透過竹簍子的空隙，看到東西。因為這時，她正指着我們，向身邊的男人在低聲說着話。

猜王仰着頭，雙手作了一個古怪的手勢，那時，藍絲也轉回身來，也望着陽台，做了一個同樣的手勢，看來那是一種禮節。

猜王提高了聲音：「有一件事想打擾您。」

那男人發出了一下極不耐煩的悶哼聲，猜王又道：「或許應該先告訴你……一個重要的人物被兇殺，他是——」

猜王說出了那個死者的名字和頭銜，我看到了那男人的身子，震動了一下，轉身和那女子一起走了進去，在他快跨進去時，才說了一聲：「進來。」

猜王鬆了一口氣，向我作了一個請進的手勢，同時，又狠狠瞪了藍絲一眼。

藍絲顯然知道猜王為什麼要瞪她，她低下頭，輕咬着下唇，可是整個神情，明顯地擺着：她知道自己為什麼受責備，可是她心中根本不認為自己有錯。

我約略猜到一些，猜王責備她，多半為了她和溫寶裕的態度太親熱了，可是溫寶裕卻一點也不知道，還在向她做鬼臉。

藍絲抬起頭來，向着猜王，欲語又止，猜王用極嚴厲的語氣，突然說了一句連我都聽不懂的話，聽來像是苗語，或者是他們降頭師之間獨有的術語。

雖然聽不懂，可是從猜王的神情、語氣來推測，也可以知道，那是猜王在嚴厲禁止藍絲的某些行動，藍絲的俏臉上，在受了呵責之後，有片刻的陰雲密佈，但隨即恢復了平靜。

溫寶裕再鈍，這時也知道自己不怎麼討人喜歡了，他縮了縮頭，吐了吐舌，不敢再說什麼。

走進了屋子，幾乎所有的陳設，不是竹就是籐，十分清爽，那一男一女，仍然由女的扶着男的，一起自樓梯上走了下來。男的略擺了擺手，十分有氣派，可是聲音卻相當乾澀：「請坐。」

我和猜王先坐了下來，藍絲站在猜王的背後，溫寶裕想過去站在藍絲的旁邊，猶豫了一下，我已指着身邊的一張椅子，令他坐過來。

那一男一女也坐了下來，猜王就開始敘述事情發生的經過。在提到了溫寶裕認識原振俠醫生的時候，男的發出十分感歎的聲音，問了一句：「原醫生好嗎？」

我笑：「應該很好。」

對方也沒有追問「應該很好」是什麼意思——我的意思是，每一個人，都應該很好，如果有不好，有麻煩，有苦惱，等等，全是自己找來的。

等到猜王把簡略的經過説完，提及那重要的目擊證人之一，一個十分美麗的女郎，被王室衛隊要走了的時候，那男人皺了皺眉：「他們是不是肯憑我的話而放人，我不敢保證。」

他一定是一個十分聰明的人，因為猜王根本未曾說出要他做什麼，他已經料到了。

猜王怔了一怔，壓低了聲音：「人……有可能是公主要去的？」

那男人緊抿着嘴，不置可否。

猜王苦笑：「大師又不在，不然，不論怎樣，大師的話，一定會被接受。」

那男人仰起頭來，忽然作了一個手勢，猜王忙從身上取出一樣東西來，遞了上去——那東西一取出來，我和溫寶裕都不禁為之愕然。

其實，那東西普通之極，可是出自一個降頭師之手，卻令人感到十分突兀，那是一具無線電話。無線電話已是十分普通的通訊工具，在某些信息交流繁忙的大城市中，幾乎人手一具。這時猜王取出來的那具，雖然體積十分小，但也決不是什麼稀罕的事物。

然而，那是現代實用科學的技術尖端，降頭師卻是遠離現代科學的玄學大師。在猜王的身邊，要是忽然攤出了一條兩頭蛇，一隻三腳蟾，一個骷髏，或是一條魚骨來，那不會令人覺得奇怪，可是一具無線電話，就十分不協調，不倫不類。我和溫寶裕都有這個感覺，都不覺神情有點怪異，但由於氣氛相當緊張，所以我們都沒有笑。那男子（他的真正身分，大家都應該已經明白，他是一國的儲君，地位很高，可是為了特殊的原因，他非但已和權力中心完全脱離了關係，甚至和整個社會脱離，只和他心愛的女人在一起生活。）

（我能夠見到他，完全是由於和降頭師還保持着聯繫的緣故。）

（他和他心愛的女子，都和不可思議的降頭術有關，有過極驚心動魄的故事。）

他接過了電話，又思索了一下，才摸索着，在小巧的無線電話上按着號碼——電話機上的號碼排列，一般都有規律，盲人要按動號碼，不會有多大的困難。

他把電話放在耳邊，聽了一回，他撥的電話大約有人接聽了，他就道：

「史奈大師？」

那邊的回答聲，聲音不是很大，我們都聽不清楚，只見他陡然震動了一下，臉色變得十分詭異，又陡然吸了一口氣，聲音也有些發顫，顯然那邊的回答，令他感到極度震驚，他沉聲問：「什麼時候……才能和他聯絡？」

電話那邊的回答，顯然令他沮喪，他「哦」、「哦」兩聲，按下了電話的停止通話掣，怔怔地發呆，也沒有人敢去打擾他。

過了足有一分鐘，他才道：「史奈大師正在煉……一種降頭術，不能和外界作任何接觸。」

猜王的面肉抽動了幾下，而且，又十分詭秘地向藍絲望了一眼，樣子神秘得叫人受不了，我自然而然，咳嗽了幾聲，表示不滿。

猜王的神情更怪，喃喃自語：「怎麼就開始了，還沒有準備妥當啊，大師怎麼就開始了？」

看他的情形，像是史奈大師正在煉的那種降頭術，他十分清楚，因此覺得有點奇怪。

事情既然和降頭術有關，我自然插不上口去，心中十分不耐煩。這時，猜王向儲君望去，儲君昂起頭，發出了一下冷笑聲，一臉不屑的神色，說了一句我聽來莫名其妙的話，他說道：「他的位置也夠高的了，還想再高。難道史奈大師會幫他？」

這句話，我相信不但是我，連溫寶裕和藍絲，也都莫名其妙——他們兩人一直在眉來眼去，我懷疑他們是不是聽得進別人在說什麼，都有問題——可是，猜王卻顯然一聽就懂，他「啊」地一聲，直跳了起來，用近乎粗暴的動作，一下子就把儲君手中的那具無線電話搶了過來，迅速按了號碼，他甚至在不由自主喘着氣：「請陳警官，陳耳警官！」

他團團打轉，神情焦急，我好幾次想問：「究竟發生了什麼事？」但是都忍住了沒出口，因為我覺得整件事，發展到了現在，不但愈來愈複雜，也牽涉得愈來愈廣——先是警方，政治力量，軍事強權，王室地位，現在，看來連降頭大師，也包括了進去，組成這個國家的一切因素，幾乎無一可以置身事外，我和溫寶裕，算是最莫名其妙被扯進這漩渦之中的了。

而這個巨大的，急速旋轉的漩渦，完全會把我和溫寶裕扯到什麼樣的無底深淵之中去，我一點概念也沒有，而且困在如此巨大的漩渦之中，我實在着急，一點氣力都施展不出來。

同時，我也感到，整件事，若是把降頭師也扯了進去，那將會更加詭異莫名，不知道有多少超乎常識之外的異象會發生，不知道有多少的怪事會冒出來。

我用心捕捉儲君的神情和他所說的每一個字，試圖了解一些事實的真相，可是我所得的極少。我只知道，史奈大師正在煉一種特別的降頭術，這種降頭術，猜王知道，儲君也知道。

儲君甚至知道，這種特別的降頭術，和一個人有關，這個人「地位已經夠高了，還想再高」。而史奈大師的特別降頭術，正有助於這個人地位的提高。

這個人是什麼人？

若說「地位已夠高了，還想再高」，那麼，在酒店電梯之中，被鋼簇貫穿了頭部的那個死者，就十分接近。我在忽然之間，感到兇殺案的牽涉範圍擴大，連一流的降頭師也扯了進去，我是基於這一點猜想而來的聯想。猜王忽然神情極緊張轉找陳耳，使我的聯想，又多了幾成可靠性。而在聽到了猜王和陳耳的對話之後，我簡直有身浸在冰水之中的感覺，寒意一陣陣襲來。

猜王大約等了半分鐘左右，那麼短的時間中，他神情愈來愈急，等到終於有人來接聽了，他聲音急促、尖銳：「死者的屍體怎麼了？你知道我是說哪一個死者的？」

陳耳的回答，一定十分大聲，因為我都可以聽得見，陳耳在叫：「你還來問我？史奈大師親身去，把屍體弄走，你沒有道理不知道！」

陳耳的回答一入耳，猜王整個人像泄了氣的皮球一樣，神情沮喪之極，任何人一看就可以知道有十分嚴重的打擊臨到了他的身上！

而我感到遍體生寒，自然也大有道理。

這時我對於這件事的種種複雜和神秘，都可以說還一無所知，但是，史奈派了猜王保護溫寶裕，又親自把死者的屍體運走，在儲君的話中，史奈正在煉一種特別的降頭術……這一切湊起來，究竟會形成一宗什麼樣的事件？而猜王降頭師為什麼又會感到受到了重大的打擊？

我思緒紊亂之極，這時，我倒十分想聽聽溫寶裕的想法和推測。

溫寶裕雖然有時匪夷所思，口出胡言，可是他的思考方法十分特別，他會從四面八方，每一個角度，有時是截然相反的角度來看問題，作出種種的假設。很多時候，幾個假設，完全自相矛盾。可是也由於這個緣故，他那種「大包圍」式的假設中的一個，就有可能十分接近事實，甚至完全合乎事實。

像我最近記述的名為《背叛》的故事中，溫寶裕的推理假設，就十分傑出。

（看過《背叛》這個故事的，自然對整件事印象猶新。）

（未曾看過的，快點看。）

在那件事件中，我們大家議論紛紜，莫衷一是，沒有任何結論時，溫寶裕就有這樣的假設：「……假設之二，是方鐵生想擺脱甘鐵生，因為甘鐵生對他太好了。……從垃圾堆中撿回來的一個人，要他上進，要他不斷拼命……久而久之，這個人就會在心底吶喊：我寧願回垃圾堆去。」

事實發展到後來，證明溫寶裕的這一個分析，全然合乎方鐵生的心理發展過程，由此可知溫寶裕已擺脱了純粹胡言亂語的少年時期，而進入了有周密思考邏輯的新階段。

所以，這時在茫無頭緒的情形之下，我實在很想聽聽他的意見。

可是，當我向他望去時，我不禁苦笑——他根本不知道發生了什麼事，視線先在藍絲的身上打轉。我向他望去的時候，他正盯着藍絲腿上的那隻蠍子，作出了一個詢問的神情。藍絲完全知道他的意思，用手作了一個蠍子爬行的手勢，又作蠍子狀去咬溫寶裕，溫寶裕則縮頭縮腦，滿面笑容，作其害怕之狀。

兩人之間一點聲音也沒有發出來，動作的幅度也不是太大，可是那種心意相通的程度，想起他們才認識幾小時，真叫人從心底羨慕。

我估計在這種情形下，溫寶裕不能給我什麼幫助，就再去注意猜王的神情。總共才是我向溫寶裕望了兩眼的工夫，猜王的神情，已經完全恢復了正常，他也正向我望來，而且所說的話，完全出乎我的意料之外，他攤着手，看來若無其事，十分輕鬆，但我見過他半分鐘之前的神態，知道那是他假裝出來的。

他指着溫寶裕：「我想他不會有事了，有史奈大師親自出來……不論哪一方面，都會聽他的話。你們還是爭取最快的時間離開吧。」

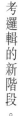

我怔了一怔：「一件這麼嚴重的兇殺案，難道就可以不了了之？」

猜王的神情像是很疲倦：「史奈大師既然親自出面，就沒有不能解決的事，你可以和陳警官直接說！」

他和陳耳的通話，還沒有結束，他把電話交到我的手中，我接過來，想了一想，只好說：「我不明白——」

陳耳聲音憤然：「我也不明白，在這裏發生的事，誰也不明白，或許只有史奈、猜王這些降頭師，才能明白！」

在一個降頭師受到極度尊敬的地方，陳耳這樣說，可算是大膽之極了，我乾咳了兩聲：「經過的情形怎樣？溫寶裕現在的處境怎樣？」

第七部

意亂情迷　失魂落魄

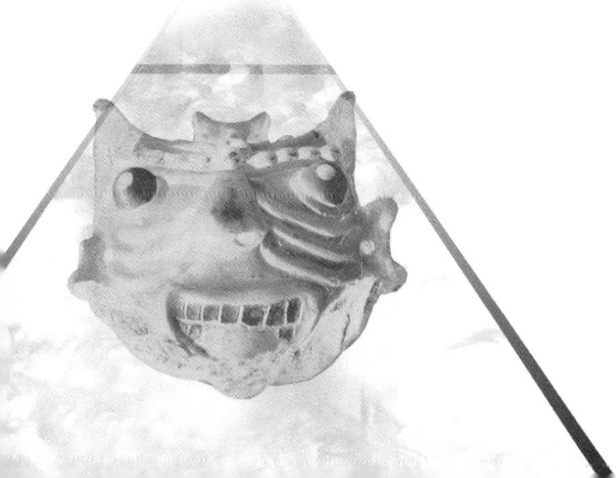

我說出了溫寶裕的名字，這寶貝才如夢初醒，向我望來，可是他顯然不知道發生了什麼事，只聽到了我那句問話，他大聲道：「我處境很好，好極了！」

我真想走過去在他頭上狠狠敲上三下，好叫他清醒一些。這時，陳耳的回答來了：「溫先生可以隨意離開，因為史奈大師向所有軍方高層人員宣布，一切由他負責，並且嚴厲禁止任何人談論這件事，誰要是違背，會有嚴重的後果。」陳耳講到這裏，頓了一頓：「史奈的這種警告，等於是死神的警告，所以，若有任何人來問我有關這宗兇殺案的事，我會立即反問，什麼兇殺案？根本沒有這樣的兇殺案發生！」

我又驚又怒：「可是你們瞞不過去，一個極重要的人死了！死於被殺！你沒有可能瞞得過去，這個重要人物，每天都會在公眾場合出現，三天不露面，就會有人追究他去了何處？」

陳耳的聲音冰冷，聽來不像是人在說話，他說的話，也不怎麼像人話：「這是我們的事情，不勞你費心，請你回去吧。」

我不禁氣往上衝，冷笑：「別忘了，是你求我盡快趕來的。」

陳耳索性耍起無賴來了：「是，那時是那時，現在是現在。」

我冷笑一聲：「你以為我那麼容易打發，那就大錯特錯了。我可以在一小時之內，把這個重要人物神秘被殺的消息，傳遍全世界。」

陳耳嘆了一聲，這個無賴的嘆息聲之中，竟大有悲天憫人之意，像是我不知做了多大的蠢事，他正在同情我一樣，接着，他道：「如果你要那樣做的話，我提議你離開這個國家之後再做！」

我被他氣得說不出話來，他在停了片刻之後，又道：「你應該知道，事情既然和降頭術有關，已勞動到史奈大降頭師親自出馬，任何人等，都是不要再插手的好，不單是你，連猜王降頭師也一樣。」

我勉力使自己冷靜下來，想弄清楚究竟發生了什麼事，可是這時，我實在一點頭緒也沒有。陳耳提到了猜王，我就向猜王看去。

我的視線掠過溫寶裕和藍絲，他們兩人顯然對於發生的事，一點興趣也沒有，仍然在不斷地眉來眼去，和通過一點小動作，在表示心意，顯得其樂無窮。猜王的神情很陰森——他的胖臉上，本來沒有那種陰森神情的，這種神情，正表示他心情極壞。

陳耳的聲音又從電話中傳來：「溫太太已回酒店了，你不快去和她會合，別再節外生枝了。」

陳耳說完了這幾句話，竟然不等我的答覆，就掛上了電話，我悶哼了一聲，把手中小型的無線電話還給了猜王，同時問：「究竟是怎麼一回事？」

猜王用力一揮手，聲音高亢得十分異樣：「沒有什麼事，什麼事也沒有！就算有過什麼事，現在也什麼事情都沒有了！」

他一面說，一面盯着我，在他的眼神中，竟然有着相當兇狠的神情。接着，他的行為更怪，忽然之間，尖聲大喝了一聲。

隨着他的一聲大喝，藍絲忽然跳了起來，發出了一下驚呼，右手亂摔，好像是她的手才碰到了什麼滾燙的東西一樣，而溫寶裕的手，也正向前伸着，神情十分尷尬。看來，他們多半是在眉來眼去之餘，還想碰一碰對方的手，但是只怕沒有成功，就被猜王大喝一聲，壞了好事。

藍絲在一跳了過來之後，立時向猜王走去。這時，那一男一女，也站了起來，男的神情，有遏制着的激動，女的由於頭上罩着竹織的頭罩，自然看不清她的神情如何。

他們一站了起來，就轉身走向樓梯，走上樓去。猜王一伸手，拉了藍絲一下，把藍絲拉到他的背後，然後揚起臉來：「這裏沒有兩位的事了，請回吧！」

溫寶裕大是着急，想說什麼，可是我已看出這裏發生的一切，簡直神秘莫測，詭異之極，當然我不會就此退出，但是再在這屋子中耽下去，只怕也不會有什麼好處。我極嚴肅地向溫寶裕作了一個手勢，先把他的話壓了下去，然後才對猜王道：「謝謝你的幫助。」

在這句極普通的話之後，我陡然轉了話題，單刀直入。「聽說，降頭師的地位是高是低，和他的降頭術是否高深有關。當年，史奈大師就曾和他的師父，爭奪天下第一降頭師的頭銜？看來，閣下雖然精通降頭術，但似乎也遭到了極大的困擾？」我說的時候，猜王神色，一直陰晴不定，顯然是被我說中了心事！

我之所以要這樣說。是因為事情急劇的轉變，實在太出人意表了。

事情的劇變，猜王和陳耳的態度大轉變，都由一件事開始——重要人物的屍體被史奈大師從國防部的醫院之中弄走了！

一聽到這個消息，猜王他們，顯然知道發生的事情的真相，遠不止是一具屍體的轉移那麼簡單，他們急促的交談過，我無法知道確切的內容。

但是也知道，事情必然和降頭術有關。

降頭術的行為之中，很多項，和死人，尤其是新死的人有關！

雖然，設想史奈大師把這樣一個重要人物的屍體弄走，是為了去煉一種降頭術，有點怪異，但一切全是那麼古怪，也不在乎再怪一些。

從猜王的神情看來，那種降頭術，似乎會對他不利，所以他的態度才這樣焦躁不耐煩。

我就是捉住了他這一點心理，所以才突然講出了那一番話，希望他在被我說中心事之後，會多一點透露事實情形給我知道。

我一面說，他的神色不定，說明我的話，他聽了之後，大有感觸。

可是，等我一講完，他的胖臉完全回復了常態，向我淡然一笑：「衛先生，你對我們這裏發生的一切，一無所知，而且，不論你如何努力，你一樣事都沾不上，還是別努力的好！」

我緩緩吸了一口氣，盡量使自己的怒意不發作——我很少被人在言語之間如此輕視，猜王的話，語調雖然還客氣，但也等於在責斥我對自己完全不懂，完全沒有可能弄懂的事，別再瞎起勁。

我也語調甚強：「我明白降頭術的深奧之處，可是我不明白，難道降頭術可以掩遮一個重要人物被兇殺這樣的大新聞？」

猜王望着我，大約有三五秒鐘，才嘆了一聲，他的嘆息聲，和不久以前，從電話中傳來的陳耳的嘆聲，很有些相似之處，那更令我感到極度的不愉快，恰好在這時候，溫寶裕在我的身後，發出「噓噓」的聲響，我回頭向他看去，看出他正努力在想引起藍絲的注意。而藍絲在到了猜王的身後之後，一直垂着頭。

看到溫寶裕這種樣子，更令人冒火，我推了他一下，沒好氣道：「你別不知死活了，降頭師，是招惹得的嗎？」

溫寶裕這小子，有本事在任何情形下，都表示他的不服氣：「降頭師也是人！」

我不再理他，回過頭去，盯着猜王：「剛才我的問題，如果不是太蠢，還想請你回答。」

猜王緩緩搖着頭，他臉上所現出來的那種對我鄙視的神情，十分明顯，他的回答，更是露骨，他竟然不加任何修辭：「是的，太蠢了，所以我不回答你。」

我不由自主，吞了一口口水，猜王也不再理會我，又按動電話去通知人替我們準備車子，我大喝一聲：「不必費心了，我們自己會走。」

我說着，拉了溫寶裕，向外就走，溫寶裕一步三回頭，依依不捨，就差沒有淚灑衣襟。

出了屋子，穿過花園，我已經心平氣和了很多，想起在警局時，面對那麼多聲勢洶洶的軍人，若是沒有猜王降頭師的幫助，簡直不堪設想了，我對他大發脾氣，似乎沒有道理。

一想到這裏，我的腳步自然而然慢了下來，溫寶裕在這時，又回了一下頭，顯然他這次回頭，看到了令他十分興奮的事，所以他發出了一下歡呼聲。

我也回頭看去，看到在燦爛的陽光之下，渾身上下散發着比陽光更燦爛的青春光芒的藍絲，正急速地向我們奔了過來。

她一下子就奔到了我們的身前，微微喘息着，眼望着溫寶裕——她的那種眼神，連我這個旁觀者，都可以感到一陣熾熱，當事人身受的感覺如何，可想而知。

她調勻了一下氣息：「師父要我來送你們出去，免得有意外。」

這時，花園中寧靜之極，在花團錦簇之中，絕看不出會有任何意外發生的可能。不過，我自然知道，我們還真的需要藍絲的帶領，因為在花園之中，滿是降頭術的禁制，而我們對這門神秘之極的力量一無所知。

溫寶裕叫了起來：「好極，好極，你好像很怕你師父？不過，你師父肯讓你來送我們，還是通情達理。」

他說着，一時之間，有點忘形，手舞足蹈之際，就要伸手來拉藍絲的手，藍絲陡然一縮手，後退了一步，神色略見驚惶。

這種情形，我已入眼多次了，有時是藍絲自己避開，有時，在藍絲也有點情不自禁時，都是由猜王及時喝阻的，我看到小寶還想再伸手去拉藍絲的手，就一下子拍開了他的手：「小寶，問問清楚，藍絲姑娘可能有什麼禁忌，不能讓人家隨便碰她的。」

溫寶裕顯然從來沒有想到過這一點，一怔之下，揚眉問：「是嗎？」

藍絲垂下了頭，不出聲，溫寶裕連問了六七遍，她才用很低的聲音回答：「很複雜……可以說是……」

她說着，抬起頭來：「現在也說不明白，有機會再告訴你。」

溫寶裕大有興趣：「如果我碰了你一下，你會怎樣，我會怎樣？」

溫寶裕一面笑着，一面發問，再也料不到，如此青春活潑的一個少女，剎那之間，臉上神情會起那樣變化，突然之間，她俏麗的臉上，豈止是結了一層寒霜，簡直是結了一層玄冰。

那種冰冷的神情，已令得即使在攝氏三十八度的陽光下的人，也感到了一股寒意，而自她口中吐出來的話，更叫人打寒顫。

她目光如刃，語氣冰冷，只說了一個字：「死。」

不但是溫寶裕，連我，在一聽到了她那樣說之後，也有一個短暫的時間，覺得遍體生涼，呼吸停止。溫寶裕整個人像僵住了一樣，伸出來的手，僵在半空。

藍絲一說出了那個「死」字之後，就轉過頭去，避開了我和溫寶裕的眼光，胸脯起伏，氣息急促，顯示她的心中，也十分激動。

好一會，我才緩緩吁了一口氣，溫寶裕連連喘息，叫：「別嚇我。」

藍絲轉回頭來，神情已恢復了正常，她的聲音之中，帶着極度的無可奈何：「不嚇你，是真的。」

溫寶裕急極：「那……那我們……怎麼……做朋友？」

藍絲甜甜地笑：「我已經說過了，情形很複雜，不是不可以改變。」

溫寶裕也認真起來，伸手向上，作發誓狀：「只要能夠改變這種情形，要我做任何事，我都會——」

我聽得他說到這裏，陡地喝阻：「小寶，別亂許願，降頭術集巫術之大成，有許多行為，你想也想不到的，答應了到時不做，比不答應糟得多。」

溫寶裕也感到事情相當嚴重，可是他還是不服氣：「我看，至多生吞蜈蚣蠍子，我咬咬牙，也能做得到。」

藍絲抿嘴一笑：「哪有那麼簡單。」

溫寶裕挑戰似地問：「例如——」

藍絲兩道新月般的眉毛，向上一揚：「例如叫你和一個死了恰好七七四十九天的女屍親吻。」

溫寶裕機伶伶地打了一個寒顫，在陽光之下，他都看來臉色灰敗。

可是，他的神情還是十分堅決，他沒有立即有反應，表示他正在認真考慮，定有一分鐘之久，他才顫聲道：「如果真的……需要，我也可以做。」

藍絲一雙炯炯生光的大眼中，立時現出極其激動的光彩，盯着溫寶裕，又過了一分鐘之久，這一雙青年男女之間，這時正在進行什麼程度的心靈交流，除了他們自己之外，外人至多感到，不可能猜測到全部。

然後，藍絲忽然咯咯笑了起來，指着溫寶裕：「你敢，髒也髒死了，惡心不惡心？你要是敢做，我更不讓你碰我了。」

本來，氣氛十分凝重，可是藍絲忽然像一個正常的少女一樣，撒起嬌來，立即變得十分輕鬆，溫寶裕也哈哈大笑：「真是，想想都要把隔夜飯吐出來。」

我在一旁看了，不知是好氣還是好笑，少年人的心情變化，真是難測，這兩個人之間，背景、生活、行為，全然不同，看來，他們從互相吸引，到真正成為好朋友，不知有多麼艱難的路要走，不知有多少困難——有的困難，甚至可能根本無法克服，可是看他們如今的情形，根本不當一回事。

這或許也正是少年人的可愛處，「少年不識愁滋味」，天塌下來，也只當被子蓋。

藍絲和溫寶裕互相取笑了一會，又向我望來，不約而同，作了一個鬼臉，藍絲道：「跟着我走，出了花園，就沒有事了。」

我和溫寶裕，跟着她走，到了快出花園時，我才道：「請你告訴猜王降頭師，我向他道歉，因為我十分沒有來由地向他發脾氣。」

藍絲並不轉頭：「我師父在你們走出屋子時，說了幾句話，我在一旁聽到的。」

她說到這裏，略頓了一頓，我不禁有點緊張，藍絲說來輕描淡寫，而且像是因為我的話才引起話頭來的，可是她分明是要向我轉述猜王的話。

猜王或者有某種原因，不能向我直接說，也不能叫藍絲直接告訴我，所以才用了這種方法。

當下，我也不作強烈的反應，只是輕輕「嗯」了一聲。藍絲本來就走得很慢，這時，更是半晌才跨出一步，溫寶裕自然得其所哉。

藍絲不急不徐地道：「我師父說：衛斯理是一個奇人，如果他自小就接觸降頭術，成就不會在史奈大師之下，只是到了現在，再想來了解降頭術，當然太遲了一點。」

我悶哼了一聲，心中自然知道猜王所說的是事實。

藍絲又道：「我師父又問我：你聽到剛才他問的問題了？我答應着，我師父又問，你可知道他這個問題，蠢在什麼地方？」

藍絲的聲音十分動聽，我問了問題，猜王當時沒有回答我，且對我十分無禮，這時，自然是借藍絲來向我解釋這件不愉快的事來了。

我和溫寶裕互望了一眼，倒要聽聽我的問題，究竟「蠢」在何處。

藍絲嘰嘰咕咕，不停地說着：「師父這樣問我，我就說：衛斯理問降頭術是不是可以掩飾一個重要人物被殺這樣的大新聞。我師父嘆：是不是笨？我道：是笨了一些，他不知道，史奈大師參與了行動，而且，更可能，一切都是史奈大師安排的，那就根本沒有什麼兇殺。」

我聽到「更可能一切都是史奈大師安排」這一句話時，腦中已「轟」地一聲響。一陣暈眩，剎那之間，隱隱地像是想到了什麼，可是卻又空空洞洞，什麼也想不到，由於突然而來的刺激如此之甚，所以她最後那句話，我竟一點沒有聽進去。

我趕緊定了定神。追問：「你說什麼？」

藍絲本來是一面說一面在帶路，一直背對着我，直到這時，她才站定，轉過身來，睜大了眼睛望着我，我再鎮定了一下：「最後一句。」

藍絲重複着：「根本沒有什麼兇殺。」

溫寶裕插嘴：「可是，一個地位重要的人被殺，我親眼看見的。」

藍絲攤着她雪白豐腴的手：「如果一切是史奈大師的安排，就不會有什麼兇殺，所以，也不會有大新聞，也不必掩飾。」

我的思緒十分亂，所以，一下子沒有法子作出反應。溫寶裕的思想方法另有一套，他根本不會把陡然生出來的意念再去想一遍，而一切都作直接的反射，他「哈哈」一笑：「史奈大師能令死人復活？還是他用了掩眼法，使所有人看到的全是假象——那醜惡的胖子根本沒有死？」

藍絲笑咪咪地望着溫寶裕：「本來，我以為衛斯理的問題夠蠢的了，現在，才知道——」

溫寶裕不等她講完，就搶着逼問：「蠢在什麼地方，請直說！」

藍絲被溫寶裕打斷了話頭，側着頭，想了一想。當她在那樣做的時候，樣子十分可愛，但是她還是搖了搖頭：「說不明白，只好說，根本沒有兇殺。其實，也不能怪你，我也不是很明白，剛才我所說的，只不過是我師父說的一些話。」

我吸了一口氣：「猜王還說了些什麼？」

藍絲又轉回身，走向前：「我師父又喃喃地說，希望衛斯理和那母子兩人，趕快回家去，整個把這件事忘記，忘記得愈乾淨愈好！」

我心中冷笑了，在我身邊的溫寶裕說：「忘掉整件事，不可能，至少，認識了你，我無法忘記！」

藍絲的身子略震了一下，即使在她的背後，也可以感到她聽了這句話之後心中的喜悅——整件事，從詭異的兇殺，到藍絲的出現，到溫寶裕的失魂落魄，每一個轉折，都出人意表之至！

藍絲的聲音變得十分低：「我不知道，我師父那麼說，我就複述出來。」

藍絲走得雖然慢，但當她說到這裏時，也已經跨出了花園。她的任務是帶我們出花園，一出花園，她就轉回身，低着頭，迅速地在我們兩人的身邊跑過。

當她在溫寶裕的身邊經過之際，像是怕溫寶裕會出手拉她，所以身子翩然一閃。

溫寶裕在這時，並沒有出手，只是出聲：「藍絲，等一等！」

藍絲陡然站定，半轉過身來，雖然不直視溫寶裕，可是溫寶裕肯定可以感覺到她眼中閃耀的那種奇異的光芒。溫寶裕急速地問：「我們怎樣可以再見？」

藍絲抬頭向上，望着天：「我師父也說了，他說，他有法子使我完全不記得曾遇見過你！」

溫寶裕立時說：「如果他有這個能力，請他不要用在你的身上，也不要同時用在我們兩個身上。」

藍絲的聲音，忽然之間，由剛才的沉鬱，變得十分快樂，聲音之中充滿了笑意。

第八部

篡奪王位的大陰謀

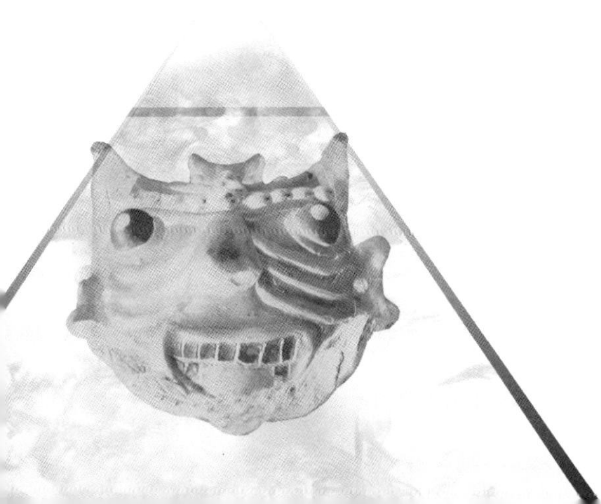

藍絲用帶笑的聲音道：「好，我會轉告師父，我們總可以再見的。」

溫寶裕咬了咬下唇：「如果我留下來不走，是不是可以和你在一起。」

溫寶裕是膽大妄為慣了，他那樣說，我一點也不覺得意外，可是藍絲的反應，卻強烈得出乎意料之外。她雙手亂搖，臂上的金釧銀釧相碰，發出叮叮的聲響，神情驚恐：「不能，不能，這裏會有極可怕的事發生——」

她說到這裏，陡然住口，樣子更驚恐，像是剛才在無意之中，泄露了一個極大的秘密。她自然而然把手按在心口，頻頻吸氣，溫寶裕還想追問究竟會有什麼可怕的事發生，但是我看出，其中一定大有蹊蹺，用力拉了溫寶裕一下，搶着道：「你不能留下來，至少要先和你母親一起回去再說。」

在這種情形下，能令得溫寶裕就範的，怕也只有抬出他的令堂大人來了。果然，溫寶裕一聽得我這樣說，長嘆了一聲，不再言語，神情憂鬱，目光呆滯，像是遭到了莫大的打擊。

藍絲的神情，這時也恢復了正常，我向她望去，用眼神向她詢問：是不是可以把她所謂「極可怕的事」向我們說說？

藍絲一下子就明白我的意思，她略為搖了一下頭，現出的神情告訴我，最好提都不要再提這件事。

我沒有再說什麼，也沒有什麼別的動作，可是卻更肯定，一定會有什麼事發生，而且，一定正如她所說，是極可怕的事。

藍絲雖然年輕，但是她來自一個對降頭術素有研究的苗峒，又是大有地位的降頭師的徒弟，不會對普通的事大驚小怪，所以，出自她口中的「極可怕」的事，一定是真正的極可怕。

我當然對探索那種怪異的事有興趣，但如今先要做的事，是把溫家母子送回去——這也正是我兼程趕來的主要目的。

藍絲又轉身向屋子走去，溫寶裕望着她的背影，這一次，輪到藍絲一步三回頭了，當真是迴腸蕩氣之至。我知道在這種情形下。催溫寶裕快些走，並無用處，所以只好耐心在旁等着。

一直等到藍絲進了屋子（她在屋子門口的石階上。又站了足有一分鐘，這才進去的），溫寶裕才長嘆一聲，向我望來。

我早已等得火冒三千丈了，所以他居然也看出了我面色不善，沒敢再說什麼。

我望着路面，心中盤算着，在這裏，要找車子，只怕還不容易，路上冷清得很，溫寶裕也看出了我的難處，居然建議：「要不要我進去，請藍絲送我們一程。」

我吃了一驚，要是同意了他那建議，只怕這一雙少年男女，更加難分難捨了。所以我堅決拒絕，向前面一指：「走。」

溫寶裕雖然不願意，但是也只好開步走，走了不到幾百步，岔路上一輛車子，飛馳而來，狂按喇叭，在我們的身邊，急煞車停下，陳耳探出頭來，叫：「快上車。」

我冷冷地看着他：「怎麼，是想來押解我們出境？」

陳耳嘆了一聲：「衛斯理，你這人。」

我怒衝到他面前，拳頭在他面上晃着：「我這人怎麼樣？」

陳耳居然不躲不閃：「你這人，怎麼不想想我和你通電話時，你在什麼地方，身邊有什麼人，我是不是能隨便說話。」

我呆了一呆，我一點也沒有想到過這個問題，可是這時，陳耳就算說了，我一樣莫名其妙，不知道他為什麼在猜王和屋主人面前，不能說想說的話。

陳耳看出了我的猶豫，打開了車門：「上車再說。」

顯然對步行沒有興趣的溫寶裕，早已自行上了車，我也上了車，坐在陳耳的旁邊，先開口：「好像事情愈來愈神秘了，一些降頭師，鬼頭鬼腦地想幹什麼？」

我是因為始終覺得猜王的神態有異，所以才順口這樣發問的，陳耳一聽，臉色灰敗，聲音發顫，向我望了一眼：「你知道了多少？」

我心中大是生疑：「一點也不知道，只是絕不明白，一個那麼重要的人物，在公眾場合被殺這種事，怎麼可以大事化小，小事化無？」

陳耳的臉色更難看，伸手在自己臉上重重撫摸了幾次，像是想把臉皮全都搓下來一樣！

看到他這種情形，我倒還沉得住氣，知道他的心中，十分犯難，可是溫寶裕卻老實不客氣，在他的身後，用力一拍他的肩頭，令得他身子震動了一下。

溫寶裕聲大氣粗：「嗯，我不是兇案的疑犯麼？怎麼忽然又可以自由行動了？」

陳耳這才粗粗地嘆了一聲：「根本沒有兇案了，還有什麼疑兇？」

我不明白的就是這一點，這時我知道溫寶裕不會干休，所以也懶得開口，由得溫寶裕去發問。溫寶裕嚷叫了起來：「這是什麼話，明明我親眼目擊，在那酒店大堂，也不知有多少人看到過的事，怎麼能說根本沒有發生過？」

陳耳的聲音十分疲倦：「史奈大師說了，他說：誰也不准再提，只當這件事沒有發生過。在我們這裏，那就是說，這件事，就真的沒有發生過。」

溫寶裕叫得更大聲：「史奈降頭師是什麼——」

我和陳耳都大吃一驚，雖然這時，我們是在一輛前進的車輛中，溫寶裕所說的話，不會有別人聽到，可是他如果對史奈大師口出不遜，又怎能肯定史奈大師不會有神通可以知道？

我剛想出聲阻止，料不到溫寶裕居然自動住了口，沒有再說下去。

（這種情形十分罕有，所以後來我追問他為什麼會這樣，他的回答很有趣，也很合情理。）

（他說，他本來確然想出口不遜的，但突然想到藍絲也是一個降頭師，不能連藍絲都得罪了，所以就自然而然住了口。）

（愛情真偉大。）

溫寶裕頓一頓：「史奈講了……也不能改變事實，人還是死了。」

陳耳聳了聳肩，說出來的話，簡直驚心動魄之極，他道：「史奈大師既然這樣說了，他就能改變事實，人死了，他能叫人活回來。」

他的語調甚至十分平淡，一點也沒有誇張的意味，可是那兩句話，令得溫寶裕那樣的人，一時之間，也目定口呆，啞口無言。

人死了，史奈大師能令死人活回來。

死人如果活回來了，那麼，當然就不再有兇殺案了，所以，也根本不必掩飾，根本沒有兇手，一切都和什麼也沒有發生過一樣。

那實在再簡單不過，猜王、藍絲他們，顯然早已知道這一點，所以才會覺得我的問題很笨。

而我，隨便我怎麼想，我也無法想得到史奈會令死者活過來。

根據溫寶裕的證供，那個重要人物的後腦，中了一支鋼箭，直貫串到前額。

一個被利器貫串了腦部的人，在被確認為死亡之後那麼久，還能活回來？

雖然我決不敢輕視降頭術，但也難以相信它可達到這樣驚人的目的。

溫寶裕首先叫起來：「你真的相信史奈大師有這種能力，能令死人復活？」

陳耳的聲音苦澀：「和我相信與否無關，他既然這樣說了，就一定做得到。」

我也忍不住插了一句口：「他以前曾經使死人復活過，一個腦部受了那樣重傷的死人？」

陳耳搖頭：「我不知道他有沒有令死人復活過，只知道他說了要做的事，從來沒有做不到的，不但我知道這一點，在這個國家裏，上上下下，沒有人不知道。外來者或許一時不知，但不必多久，也就會知道。」

我深深吸了一口氣，從倒後鏡中去看溫寶裕，只見他一臉疑惑之色。

陳耳既然說得如此斬釘截鐵，他也就沒有什麼再好問下去的了。

沉默了好一會，我才道：「史奈大師弄走了屍體，是和煉一種十分奇特的降頭術有關？」

當我問這個問題的時候，車子正好駛到了一條小路口，陳耳一扭駕駛盤，車子就駛進了小路去。

小路根本不能行車的，兩邊全是密密的芭蕉，一駛進去，就壓倒了不少，而陳耳卻一直把車子駛進了芭蕉叢之中，等到車子駛進了十來公尺之後，看出去，我們像是被許多綠色的怪物包圍了一樣。

還沒有等我和溫寶裕問他為什麼，他已經說出了原因：「我們接下來的談話，內容會……十分駭人，把車子駛進來，不讓別人看到，在心理上，會覺得安全一些。」

他的聲音，聽得出是經過努力鎮定的結果，這就令得氣氛格外神秘，我向溫寶裕一指：「是不是要先把少年朋友送回酒店去？」

溫寶裕立時抗議：「不。」

陳耳也道：「不，少年朋友在這件事中，有相當重要的地位，應該和我們一起討論。」

溫寶裕一聽，立時現出一副得意洋洋的神情來。我道：「好，我們要討論的是什麼？」

陳耳壓低了聲音——雖然我相信他就算大聲吼叫也不會有人聽到：「你怎麼會問剛才那個問題的？你對降頭術有研究？」

我搖頭：「不，我是猜測的，因為猜王在聽到了屍體被史奈大師弄走之後，反應十分怪，還有一些不是很明白的對話。」

陳耳作了一個手勢，示意我把當時的情形，詳細說一說，我就把當時的情形，從那一男一女出現說起。

（陳耳在我提及那一男一女時，曾發出「啊」地一下低呼聲：「這一雙男女之間，有着凄迷之極的故事，降頭術使一個美麗的女子，變得恐怖無比。」）

（溫寶裕插了一句口，這小子的思緒，天馬行空，不受拘束，想到哪裏是哪裏，他陡然問：「我真弄不懂，她變得恐怖，他弄瞎了自己的眼睛，怎麼就可以相處了？那是一種什麼樣的恐怖？」）

（陳耳居然回答他：「很難明白，總之是在觸覺上沒有什麼變化，但在視覺上卻可怖莫名的那一類。」）

（溫寶裕還想說什麼，我不耐煩起來：「原振俠醫生見過那女子中了『鬼臉降』之後的恐怖情形。好奇心那麼強烈，不必亂猜，問問他好了。」）

（溫寶裕還是咕噥了一句：「自己猜出來的，才有味道。」）

等我把經過說完，陳耳的面色，更是難看之極，汗水涔涔，過了好一會，才自他的口中，吐出四個字來：「太可怕了。」然後，過了一分鐘，他又重複：「太可怕了。」

我作了一個手勢，請他作進一步解釋。

陳耳又想了一會，才道：「早就有一個傳說，死者——嗯，應該……稱他為軍事強人，並不滿足於如今的地位，想進一步擴展勢力，和謀取更高的地位。」

我立時想起那兩句我在那屋中聽到過卻不是很了解的對話來。屋中的那男子曾說：「他的位置也夠高的了，還想再高？難道史奈大師會幫他？」

而猜王則曾說：「怎麼就開始，還沒有準備妥當啊，怎麼就開始了？」

這幾句對白，加上陳耳的話，就十分容易明白，軍事強人對目前的地位不滿足，求助於降頭師。

這是一件相當可怕的陰謀，這個人的地位，再進一步，那就只有國王這個位置了。所以，他要改變地位的行動，必然是一場政變。

不論是利用軍事行動來完成政變，還是利用降頭術來完成政變，政變的必然結果是一樣的，那就是混亂、屠殺、死亡、鬥爭。

一個國家政變的結果，不但影響一個國家，還可以影響鄰近的國家，也可以影響世界局勢，影響會擴大到什麼程度，誰也不能預測。

這個陰謀，看來已進行得有一些日子了，不然，猜王不會說「還沒有準備妥當」。還沒有準備妥當，就是正在準備之中。

作為這個大陰謀的主角，如果有意利用降頭術來達到他的目的，那麼，史奈大師自然是最終的選擇，因為史奈大師是降頭師之王。

史奈怎麼會和軍事強人合作，連屋主人都表示懷疑，那是另一個問題，問題是：軍事強人遭到了兇殺，那自然應該是史奈大師的挫折，看來史奈大師，也遭到十分強硬的對抗。

一時之間，思緒紊亂之極，再也理不出一個頭緒來，溫寶裕的情形，顯然和我一樣，因為我向他看去，只見他雙眼亂翻，一個問題也問不出來——要是他問得出，他早就發問了。

陳耳停了片刻，才繼續說：「這是一個驚人的陰謀，對國計民生的影響之大，無出其右。主謀者，聽說找到了降頭師的支持。」

我和溫寶裕，都發出了一下呻吟聲。陳耳又道：「主謀者十分囂張，以為有了軍事和降頭術這兩張王牌在手，絕沒有不成之理，所以，在幾次不同的場合中，酒後得意忘形，連不久要重建皇宮的計劃，也對人說了出來。在這種情形下，自然陰謀在進行一事，也就不是十二分的機密了。」

我直到這時，才緩過了一口氣：「那……國王難道不設法應付？」

陳耳嘆了一聲：「國王雖然要設法應付，可是用什麼來應付？國工除了國民的衷心擁護之外，早已不接觸實權了，權力會在陰謀者的手中，現在，看來連史奈大師，也早成了主謀者的同黨！」

我感到一股寒意：背叛陰謀一展開，被背叛的一方，有時在明知會有什麼事發生的情形下，竟然無法可施，只好眼睜睜地看着事情發生，這和神志清醒，被綁在木樁上一刀一刀割死一樣，痛苦的煎熬，至於極點！

溫寶裕憤然道：「國王既然極得國民擁戴，自然應該有忠於國王的勇士，挺身而出，保護國王，消除陰謀！」

陳耳聽了溫寶裕的話之後，雙手掩住了臉，好一會，才放開了手：「當然會有這樣的人——我，就，是！」

他那「我就是」三字，每一個字之間，都停頓了一下，說得極強有力。

我和溫寶裕都望向他，自然也都看到自他臉上現出來的那股深切的悲哀。

他嘆了一聲：「像我這樣的人，當然不止一個，可能有成千上萬，可是有什麼用？像我，是高級警官，又有一些武器，但是怎能和全國的正規軍隊為敵？怎能和史奈大師這樣身分的人為敵？就算知道了陰謀的一切程序，也只好看着它發生！」

我和溫寶裕仍然無話可說，陳耳又道：「局勢如此緊張，所以主謀者忽然遭了兇殺，消息一傳出去之後，軍方才會那麼緊張！」

我想起警局中的情形，仍然有點寒意——不是猜王開路，我們根本離不開。我也忽然想到，在這件事上，猜王和史奈，似乎立場並不一致，雖然猜王是史奈派來的，他們兩人之間，顯然有矛盾；猜王認為「還沒有準備妥當」，可是史奈已動手了！

溫寶裕「啊」地一聲：「這樣說來，刺殺軍事強人的兇手，一定是忠於國王的勇士了！」

陳耳苦笑——那是真正的苦笑，他的那種淒苦的神情，令得我們也如同心口壓着大石一樣。

他道：「在任何地方，都可以得到這樣的結論，可是在這裏，事情顛倒得令人難以置信！全然可以相反！」

溫寶裕乾笑了幾聲：「顛倒？相反？那總不成是軍事強人自己派人刺殺自己？」

陳耳緩緩搖着頭：「應該是史奈大師。」

我陡然震動了一下，溫寶裕由於吃驚太甚，整個人彈了起來，以至頭

「砰」地一聲撞在車頂，他也不顧得叫痛，叫的是：「你胡說什麼？不是史奈大師已站到了死者那一邊了嗎？」

陳耳壓低聲音：「這正是事情最詭秘的所在，我也是聽到……聽來的一點消息，真正的情形如何，我一點也不清楚，因為我不是降頭師——」

我嘆了一聲：「你快點說吧，別再解釋了。」

陳耳的聲音更低，令得坐在後面的溫寶裕不得不俯身向前，他道：「聽說，是史奈大師的主意，認為軍事強人，實力有餘，威望不足，就算謀位成功，若是國民不擁護，那也不會有好的局面出現，反倒不如現在那樣。而軍事強人又堅持一定要實行陰謀，所以，史奈大師提出來的那一計劃是：鬼混。」

陳耳用他最大的努力，來表示他說的話，非但十分重要，而且神秘莫測，可是等他說的話告了一個段落之後，我和溫寶裕，不禁面面相覷。

我們都不是想像力不豐富，或者理解力不強的人，可是實實在在，不明白陳耳這番話的意思，我們異口同聲地反問，「鬼混？」

陳耳的神情更神秘，而且，看得出，他真正地感到害怕——他絕沒有必要在我們面前假裝害怕：「是的，就是你提到過的……那種……史奈正在煉的古怪降頭術。」

我和溫寶裕同時「哦」地一聲，可是仍然不明白那是怎麼一回事。

陳耳吞了好幾口口水：「我曾到處去打聽過，知道這種被稱為『鬼混』的降頭術，當真怪異莫名，先要把一個人殺死，使他變成鬼，然後再令他活回來，使他變回人，而在這兩個轉變過程之中，這個人就一半是人，一半是鬼，變成了人和鬼的混合體。」

這時，陽光雖然由於濃密的芭蕉的遮掩，不能直接曬在車子上，但是車廂中仍然十分悶熱。可是，在聽了陳耳的這一番話之後，我和溫寶裕的神情，就像是在零下二十度的冰庫之中一樣。

「鬼混」是一個相當熟悉的名詞，正常的解釋，人人皆知，辭典上給的解釋是：謂糊塗過度時日也。又胡亂搞搞也。舉的例子是「七俠五義第十四回：你是何人，擅敢假充星主，前來鬼混。」

無論怎麼想，在聽到了「鬼混」這個詞之後，誰會想得到那代表了人和鬼的混合體?

(且別說什麼叫「人和鬼的混合體」,各位,這個故事用「鬼混」這個題目說到這裏,誰想到了「鬼混」是人鬼混合的意思了?只怕沒有。)

當時,我的驚訝程度,真是到了極點,望着陳耳,甚至懷疑他是不是得了熱帶的黃熱病。

我的神情,一定道出了我所想的,陳耳忙道:「衛斯理,千真萬確的事。」

我仍然說不出話來,還是溫寶裕先問:「變了人鬼混合體,有什麼好處?」

陳耳道:「具體的情形不清楚,但據說,據說……會有許多超能和異能,不但有異能,而且力大無窮,能控制他人的心靈,等等。據說,歷史上有一個十分為民稱頌的國王,就是經過降頭術煉成的人鬼混合體。」

第九部

神出鬼沒降頭術

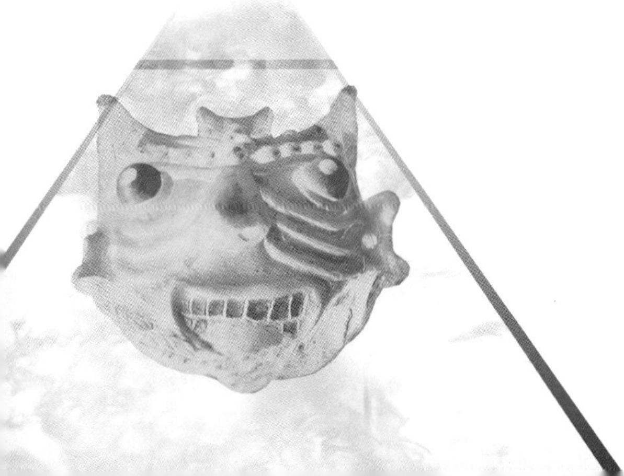

我吁了一口氣：「軍事強人若成了人鬼混合體，就會使國民擁護？」

陳耳沉吟：「由於有了超能力，會使人崇拜得五體投地。」

我和溫寶裕的神情，都古怪之至。

相信任何人在如今這樣的情形下，都和我們一樣。我們實在不知如何表示自己的意見才好，過了好一會，才長長吁了一口氣，互望了一眼，溫寶裕先開口：「人……和鬼的混合體……那是什麼樣的一個怪物？」

陳耳苦笑了一下：「我不是知道得很詳盡，連降頭師，也不是每一個都知道『鬼混』的內容，只有相當高級的才懂得。」

我心中一動：「譬如說要高級到……猜王降頭師這樣的程度？」

陳耳點了點頭，望着我，一副十分懇切，顯示他對我有所要求的神情。我是一個典型的好事之徒，什麼樣的新鮮古怪的事我都有興趣參加，可是這時，我感到一股寒意，不等他開口，我就大搖其頭：「別叫我和降頭師去打交道，我不想做史奈大師的敵人。」

陳耳不說話，只是望着我。溫寶裕也不說話，也只是望着我，我感到無比的焦躁不安，在那一剎那間，連我自己也討厭自己，因為剛才的行動和言語，使我看來完全不像自己。

我，衛斯理，什麼時候這樣退縮過，什麼時候這樣害怕過？

陳耳和溫寶裕兩人，顯然心中也正在這樣問，他們不必開口，我也可以在他們的神情之中，看出這一點來，我再用力一揮手，使自己的心神寧貼一些——古怪可怕，神秘莫測的降頭術，確然能叫人心煩意亂，不知如何對付才好。然後，我用聽來極正常的聲音問：「好了，你這個忠君愛國的警官，我能做些什麼？」

這句話一出口，陳耳吁了一口氣，現出感激莫名的神情，溫寶裕則不由自主，發出了一下歡呼聲：「好，衛斯理回來了。」

這小子的用詞十分古怪，他竟然說我「回來」了，可知我剛才的言行，是如何失常。這連我自己也有點不好意思，只好自嘲：「勇往直前了那麼多年，其實也應該有權利退縮一下的。」

陳耳忙道：「當然當然，但是請別在我們國家遭到大危難時退縮。」

我瞪了他一眼：「也不見得有什麼大危難，不過是更換了名義上的國家元首而已。」

陳耳嘆了一聲：「人鬼的混合體，會有什麼樣的想法和做法，全然不可預測，想起來就叫人不寒而慄，誰知道他會作出什麼樣乖張的決定？又有誰知道這樣的怪物受了降頭師的操縱之後，會有什麼事發生？」

我伸手出車窗外，摘下了半片芭蕉葉，在手中撕着，搓着：「我能做什麼？去見史奈大師？」

陳耳搔耳撓腮，顯然他也不知該如何着手才好，溫寶裕在這時候，發揮了他強大無比的想像力，他忽然一拍手：「有了，這個半人半鬼的怪物，現在還沒有煉成功，那就還只是一具屍體，去把那具屍體偷出來，整件事就完全結束了。」

我悶哼一聲，溫寶裕立時補充：「我只是提出一個一勞永逸、徹底解決的方案，如何執行，種種細節，一時之間，我也說不上來。」

陳耳搖頭：「沒有可能，別說不知道屍體在什麼地方，就算在你眼前，那既然是史奈大師要的東西，誰敢去動一動，碰一碰？」

溫寶裕突然直跳了起來，神情興奮莫名：「誰要去動去碰？只要知道屍體在什麼地方，隔幾百公尺，射上十七八枚火箭，屍體自然炸得粉碎，史奈大師若是也在，自身難保，如何還能作怪？」

在這個地方，講溫寶裕這種話，其危險程度，等於是一個白嫩的胖子赤身露體走進了食人族部落之中一樣。我倒還好，陳耳臉上變色，看來和芭蕉葉竟然沒有什麼大分別。

我用力推一下：「你別發愣，溫寶裕剛才想到的辦法，並非不可行。」

陳耳又隔了好久，才透了一口氣：「理論上是如此，可是當我們調派計劃，行動還沒開始，降頭師方面，就早已知道了。」

溫寶裕不服：「他們有什麼方法可以知道人家內心所想的秘密，他們能截住他人的腦電波？」

溫寶裕的話才一出口，就聽到在車子之外，不知在什麼地方，甚至連遠近也難以確定，一入耳，就陰惻惻地覺得遍體生寒的聲音接上了口：「什麼腦電波，那是用實用科學的觀點來解釋實用科學不能解釋的異象的杜撰。」

這個聲音聽來雖然可怕，可是所說的話，聽來十分理性，也不像有什麼惡意。然而，在這樣的情形之下，突然傳入耳中，給我們三個人的震撼之大，也可想而知。

陳耳把車子駛進芭蕉叢中隱藏起來，我就有「多此一舉」之感，因為我覺得就算隨便停在路邊，也不會有什麼人偷聽到我們講話的。

可是，如今車子在那麼隱蔽的所在，居然車外就有人搭了腔，而我們所講的，又是和一樁可怕之極的事情有關，泄露出去，隨時有性命之憂，在絕無可能的情形下，居然出了毛病，如何不驚？一時之間，我們都無法發出任何聲音來，四周圍極靜，這時除了芭蕉葉在風中擺動發出的沙沙聲之外，只有一個腳步聲，正自遠而近傳過來。

若不是陽光燦爛，我想我們都會大叫「鬼啊」。然而，鬼又為什麼不能在陽光之下出現呢？溫寶裕可能也想到了這一點，所以他陡然張大了口，但是他還沒有叫出聲來，我已經伸手掩住了他的口。

溫寶裕用十分恐懼的目光望定了我，我壓低了聲音：「是猜王降頭師。」

我說的聲音十分低，連在車內的人，也僅僅是可以聽到的程度，可是車外，居然就有了回應：「衛先生究竟名不虛傳，連故意改變了的聲音都聽得出來。」

我鬆開了掩住小寶的手，小寶長長吁了一口氣，這時，猜王來到了車旁，打開車門坐了進來，就坐在溫寶裕的旁邊，溫寶裕自然是由於想起了他腰際的蛇和他身上那許多古怪東西的緣故，所以陡然移動了一下身子，緊貼着車門——這個天不怕地不怕的小子，居然也有害怕的時候。

我沒有嘲笑他，因為猜王突然出現，使我也感到心中凜然，我忙問：「你……怎麼知道我們在這裏的？」

溫寶裕的情緒，回復得很快，他居然喘着氣問：「藍絲姑娘呢？」

猜王並沒有回答他，只是向陳耳指了一指：「他就不會問我這個問題。」

我做了一個不明白的手勢，陳耳道：「我剛才已經說過了，降頭師有辦法知道人家的任何秘密，他們用降頭術來探聽秘密。」

猜王攤了攤手：「在降頭師和降頭師之間，才能夠互相防範，平常人，無法逃脱降頭術的監視。」

我和溫寶裕異口同聲，叫了起來：「什麼道理？不論什麼事，都有道理的，你憑什麼做到這一點，過程又如何，總有道理的。」

猜王長嘆一聲：「實用科學帶給人類的災難是，什麼事，都捨本逐末，去追究道理，反倒忽視了事實。在那種情形下，凡是解釋不出道理來的事，就被視為不科學。不幸得很，降頭術只講事實，不去追求道理，因為它的道理，人類的知識程度完全無法理解。」

我苦笑，喃喃地道：「這一番話倒是我常說的。」

猜王又道：「這裏的降頭術，和中國的法術頗有點相類似之處，中國的法術中，一直有人可以穿牆而過的法力，怎麼解釋呢？什麼道理呢？」

我和溫寶裕互望了一眼，兩人都默默不語。

如果在早幾年，我們一定會「哈哈」大笑，大聲回答：「人穿牆而過？哪有這樣的事，那只不過是小說家的胡思亂想而已，有什麼道理。」

可是今時今日，這幾句話，卻再也講不出來。

因為的確有人可以做到這一點，可以把物質三態中的固體，當作像氣體一樣穿越，可以使他自己的身體穿越牆壁，比任何小說家所能想像的更奇異，更怪誕。

這個具有超級異能的人在中國北京，目前正接受國防部的研究，他的異能，已經無人不知，千真萬確，然而，正如猜王剛才的反問：有什麼道理？

道理當然有，只不過超越了人類智力現階段所能理解的程度而已。

降頭術如何刺探他人秘密一事，我也略有所聞，他們術語的所謂「養鬼仔」，所養的「鬼仔」來去如風，無影無蹤，但是卻可以把聽到的、看到的一切，傳入降頭師的腦中，使降頭師如身歷其境一樣。

這種情形，當然玄妙之極，只好視之為通過一種方法，控制一個靈魂的活動，再把靈魂所感應到的一切化為己有，那麼，什麼秘密能瞞得過他們？

陳耳直到這時，才開了口：「剛才我們講的，你……全知道了？」

猜王的反應很奇特，他嘆了一聲：「是，你別怕，我和你一樣，忠於國王。真想不到，史奈大師會……這樣做。正由於主事者是史奈大師，事情可以說棘手之至，唉，難極了。」

他在這樣說的時候，一連向我望了好幾下，望得我不自在之至。

他又嘆了一聲：「可是再難，也得採取行動，七天，等到史奈大師煉成了『鬼混』，那就想不出有什麼力量可以對付了。」

我皺着眉：「我不明白，難道……把鋼箭射進……軍事強人後腦的，就是史奈？」

猜王一再嘆：「不會是他親自出手，但也一定是他運用了降頭術的力量，要使人變成人鬼的混合體，第一步，就是要先使這個人，在毫無防備的情形下，一下子就進入死亡狀態，真正極短的時間，據說，這是這種降頭術最難的一個程序，如果不是立刻就死，或是在死前的一剎那間，知道自己會死，那就真的變成了死人，再也不能煉鬼混降了。」

這一席話，又聽得我寒意遍體，溫寶裕「啊」地一聲：「當時他正轉過頭來罵我，手又摟着一個美女，絕想不到自己會死，而鋼箭一發，貫穿腦部，自然是立刻進入死亡狀態的了。」

陳耳面色發白，喃喃地道：「遙控殺人。」

溫寶裕也「嗖」地吸了一口氣：「中國法術中，早有遙控殺人法，放一柄飛劍出去，千里之外，取人首級，就是典型的遙控殺人，嗯，說不定雍正皇帝的血滴子，也是遙控殺人。」

猜王顯然也知道什麼叫作「放飛劍」和「血滴子」，他居然大點其頭：「是的，原則一樣，方法各有巧妙不同，蘇聯人現正在研究意念殺人，也已經很有成績了，那是大家都知道的事。」

小寶立時興奮起來：「是啊，據報告說，相隔五百公里，一個能控制意念的人想另一個人受傷，那人果然遭到了重擊般的痛楚，好像……還真的有傷痕。」我乾咳了一下：「沒有傷痕。」

溫寶裕忙道：「沒有傷痕，理論上，相隔五百公里可以令人感到重擊，自然進一步，就可以令人死亡，嗯，如果再加上時間上的控制，那麼，等於就是咒語了。」

猜王笑：「你這孩子，很有巫術的天才，咒語，本來就是法術的一部分，也就是降頭術的內容。」

溫寶裕更是高興：「這樣說，那軍事強人的死，根本就是史奈大師安排的？」

猜王的胖臉變得相當陰沉：「我相信是，史奈大師和我討論過這件事，可是他沒有告訴我確切動手的日子，顯然是他不相信我。」

猜王大有悻然之色，我早已看出這兩個降頭師之間頗有矛盾，所以趁機道：「那是一種什麼樣的情形，他會加害你？」

猜王抿着嘴，想了很久，才道：「他害不了我，我也害不了他，但是我卻可以破壞他的行動，使他煉不成『鬼混』降。」

陳耳忙叫：「破壞它，破壞它。」

猜王又沉默了片刻，嘆了一聲：「我用盡方法，也沒有辦法知道他把屍體弄到了何處，他的『迷蹤法』世上無人能及，他要隱藏什麼，世上也沒有人可以找得到，可是一個關鍵人物，他必須弄到手的，卻還在皇宮之中，我已和國王、公主聯絡過，那是他們最後的決戰王牌，不能輕易放棄。」

我駭然：「那是什麼人？」

猜王向溫寶裕望去，溫寶裕叫起來：「我？」

猜王搖頭：「當然不是，可是這個人你見過，當時，在電梯中，你見過的那個女子。」

溫寶裕道：「是的，有一個妙齡女郎和強人在一起，據酒店的保安主任說，他經常替強人安排這樣的幽會。」

我苦笑：「他冒的險太大了，要是史奈的降頭術煉不成，失敗了，他怎麼辦？」

猜王攤了攤手：「他也沒有什麼損失，只是再也活不回來而已。」

溫寶裕叫了起來：「賠上了性命，這還不叫損失？」

猜王閉上眼睛一會：「別忘了他是在全無所覺的情形之下，猝然死亡的，一點死亡的痛苦都沒有，一下子就沒有了任何知覺。人，總是要死的，很少人能夠死得一無所覺，對他來說，就算不能變成人鬼混合體，實在也說不上有什麼損失。」

我們三人自然都無法同意猜王的論點，可是一時之間，也想不出用什麼話來反駁他。

我追問：「那麼，那個女郎……又有什麼作用？」

陳耳在這時，吸了一口氣：「難怪在運送途中，那女郎被宮中的侍衛帶走了。」

猜王道：「史奈站到了強人那一邊，還有別的降頭師忠於國王，雖然如何煉鬼混降，只有史奈一個人掌握了法門，但是別人多少也知道一點內中的情形。一定是國王或公主，得了高明的指點，知道這女郎十分重要，所以先史奈一步，把她帶走了。」

溫寶裕在頭上拍了一下：「真想不到，這女郎那麼重要——要是史奈大師找不到她，會有什麼樣的情形發生？」

猜王作了一個十分古怪的神情：「如果在七天之內，史奈還找不到那女郎，鬼混降就煉不成，強人也將永遠變成一個死人了。」

陳耳和溫寶裕都現出十分興奮的神情，溫寶裕還「啊哈」一聲：「那太簡單了，皇宮那麼大，又有軍隊守衛，把這個女郎藏上七天，不就行了？」

我知道事情絕不會那麼簡單，若真是那麼簡單的話，猜王不會出現，不會來和我們商量了。

果然，猜王緩緩搖頭：「史奈還沒有動手，他只要一開始動手，一定可以立刻知道那女郎在何處，而且把她弄走。史奈的神通太大了，沒有人可以敵過他。」

陳耳的聲音十分尖利：「可以把女郎殺了。」

陳耳的辦法，雖然殘忍之至，但是也不失是一個破釜沉舟的辦法，可是猜王仍然搖頭：「那女郎到了史奈的手裏，死活都一樣，她的作用是……煉降頭術中的一種媒介。由於她在強人死前，和強人親熱過，所以她才起作用。」

溫寶裕焦躁起來：「這也不行，那也不行，難道沒有辦法了？」

猜王又望了溫寶裕半晌，欲語又止再三。溫寶裕感覺再遲鈍，也可以覺出事有蹊蹺了，他指着自己的鼻子：「難道我有什麼辦法可以對付史奈的降頭術？」

猜王遲疑了一下，仍然不說話，可是神情上，顯然已默認了溫寶裕的話。

我和陳耳都驚疑莫名，一起盯着溫寶裕看，可是隨便怎麼看，也看不出這小子有什麼本事，可以對付天下無敵的史奈大師。

溫寶裕自己也驚訝莫名，手指仍然一直按在自己的鼻尖上：「是不是我是強人臨死之際最後一個見到的人，所以也是煉降頭術的一個媒介？」

他說到這裏，忽然現出了十分害怕的神情——那是真正的害怕，失聲叫：

「哎呀，不好，史奈大師不會放過我，他是要把我的眼珠挖出來，還是把我的頭切下來，你們……為什麼這樣望着我？」

溫寶裕又神經質地指我、陳耳和猜王，身子更縮回車門：「是不是沒有了我，就煉不成鬼混降，所以，你們想消滅我，好叫史奈煉不成那降頭？」

我陡然大喝：「小寶，你在胡說什麼？誰會消滅你來對抗史奈？」

溫寶裕眨着眼：「你當然不會，可是……別人……就難說得很。」

他在那樣說的時候，想伸手指猜王，可是又不是很敢，就在他的手，閃閃縮縮沒有指出去之際，猜王一伸手，溫寶裕的手，不知怎麼，就給他抓住了。溫寶裕大吃一驚，竟至於張大了口發不出聲音來。

我也一驚，剛才猜王的出手極快，分明他不但身懷降頭奇術，連武術的造詣也極高，若是他真要對小寶不利，倒不容易應付。

可是，猜王一抓住了小寶的手，只是用另一手，在小寶的手背上輕拍了一下，就鬆開了手，溫寶裕連忙縮回手去，盯着自己的手背看，又用發顫的聲音問：「你……落了什麼降頭？」

猜王笑：「要落降頭，何必碰到你的身子？我是在安慰你，我不會害你。」

溫寶裕神情將信將疑，仍然有點驚魂不定。他好幾次在提到可以接觸降頭術時，都眉飛色舞，興高采烈，現在，他被降頭術嚇得臉青唇白，只怕再也不會覺得有什麼有趣好玩了。

我追着問：「剛才你雖然沒有明說，可是等於已默認小寶可以有能力阻擾史奈大師的行動？」

猜王神情古怪，話更古怪：「可以這樣說……也可以說不是……總之他要做些事，而那些事，又和他不是很有關係……」

這幾句話，猜王還說得十分吞吐，真聽得人莫名其妙之至。

陳耳先嘆了一聲：「大師，你究竟在說什麼？」

猜王用力一揮手，忽然又說了一句：「能不能單獨和溫先生說？」

我再也想不到他忽然會提出這樣的一個要求來，以我和溫寶裕的關係來說，我自然的反應是立即拒絕：「不可以。」

溫寶裕也道：「沒有任何情形是衛斯理不可以在場的，我要他在。」

猜王的神情為難之極，低下了頭，一言不發。這時，陳耳着急起來，推了我一下：「我們讓一讓有什麼關係？猜王大師一定有他的道理，不要因為小節，而壞了我們的大要事。」

我心中罵了一句「你們的大要事關我屁事」，可是我是不是必須在場，看來要由猜王和溫寶裕來決定，若是猜王堅持，溫寶裕也不要我在場時，我自然沒有理由堅持要參與他們之間的談話。

猜王一直不出聲，溫寶裕不斷在道：「衛斯理一定要在場。」陳耳神情愈來愈焦急，他自己「以身作則」，先推開了車門走出去。

第十部

令溫寶裕暴跳如雷的計劃

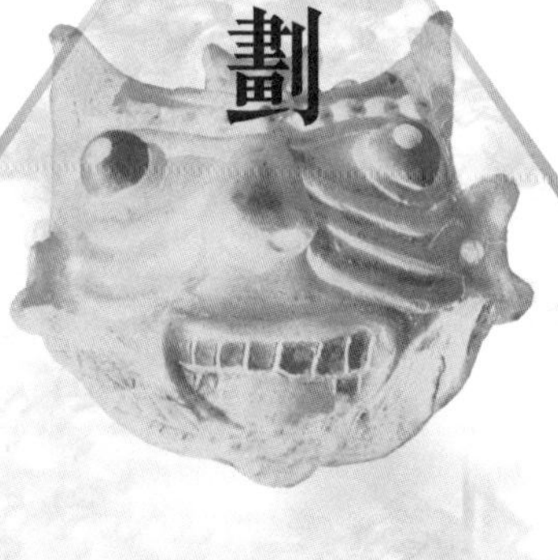

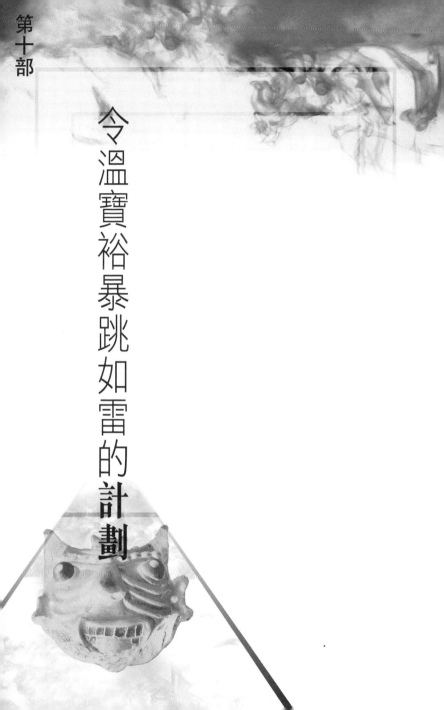

足足過了十分鐘之久，氣氛窩囊之至，猜王才嘆了一聲，抬起頭來：「剛才我又把事情詳細想了一遍，這是唯一可行的辦法，雖然未必一定成功，但那真是唯一可行的辦法了。」

溫寶裕立時道：「有什麼理由，這個辦法只有我能聽而衛斯理不能聽？」

猜王苦笑：「沒有什麼特別的理由，只不過這個辦法之中，有一些行為，要你參加，而當着他人說出來，會使你尷尬。」

溫寶裕怔了一怔，神情有點猶豫，我迅速轉着念，可是對於猜王的辦法，還是一點概念都沒有。

當然，我更無法想得到猜王要小寶去做什麼事，是只有小寶一個人才可以知道，連我知道了都會使小寶感到尷尬的。

不過，我看出，猜王降頭師的話，已使得溫寶裕堅持我要參加而變成了猶豫不決——或許是降頭師在那一剎那間，用了降頭術的緣故。

這時，猜王用十分柔和的目光望着溫寶裕，又用十分柔和的聲音說着話，這種情形，和高深的催眠術相接近。他道：「小寶，人和人之間的關係，不論多麼密切，總有一點私人秘密的。你要做的事，完全沒有必要公開，公開了，你一定不肯做，何必因此壞了大事？」

溫寶裕的神情更猶豫，向我望來，居然問我：「你會生氣嗎？」

我猜在那一剎那間，我的臉色一定難看到了極點，要不然，溫寶裕不會像見了鬼一樣的害怕——他那樣問我，當然是想我照猜王的意思，避開一下，好讓他和猜王密談。在一聽得他這樣問我的時候，我真的十分惱怒，這種惱怒，也一定全在臉上表露了出來。

可是，在不到一秒鐘之間，我陡地想到，溫寶裕已經不再是孩子了，我和他的感情再好，也止於朋友的感情。朋友和朋友之間，自然可以有各自的秘密，任何人沒有權去要求一個朋友把所有的秘密完全告訴他的。

溫寶裕不再是小孩，他甚至可以說已開始脫離少年期，進入了青春期，當然不能因為他想有一些秘密而去責怪他的。

一想到這一點，我立刻心平氣和，而就在那時，溫寶裕已向猜王道：「不行，衛斯理不高興了，我不會做任何令他不高興的事。」

他說得十分肯定，堅決，那更令我感動，我忙道：「小寶，你錯了，我沒有不高興，你有權把個人的秘密不告訴人。你知道，我一直以為致力刺探他人秘密的行為，是人類許多卑劣行為之一。」溫寶裕看着我，我伸手在他的肩頭上，輕輕拍了一下，相信他絕對可以知道我說的是真心話，他吁了一口氣，猜王降頭師也吁了一口氣。

我在這時，打開車門，走了出去。陳耳見我離開了車子，十分高興，來到了我的身邊，低聲道：「推測一下猜王會對溫寶裕說些什麼？」

我攤開手：「降頭師的花樣太多了，我看無法作任何推測。」

我們一面說着，一面走開了幾步，在芭蕉葉的掩映之中，回頭看去，可以看到在車中，猜王一面做着手勢，正在和溫寶裕說話，溫寶裕用心聽着。

我雖說沒有刺探他人隱秘的習慣，但是好奇心極強烈，這時，我當然聽不到猜王說些什麼，而且，猜王是背對着我的。也正由於這樣，溫寶裕面對着我，他那種聚精會神的神情，我看得十分清楚。

在那一刹那間，我陡然想到，我和小寶熟稔之至，他在聽了什麼話之後，有什麼反應，我可以在事先料個八九不離十。那麼，是不是也可以在他的反應之中，猜測他聽到了一些什麼話呢？

一想到這一點，我就再也不願轉回頭去，同時笑着對陳耳道：「不妨來猜一猜，現在，降頭師在說的事，一定極嚴重，你看小寶的神情，咦，他為什麼忽然抓起耳朵來了？一定是降頭師說了一些令他敏感和不安的話。對了，你看小寶，不斷變換坐的姿勢，一定是降頭師的話，令他不安之極了。」

陳耳同意我的分析，一直「嗯嗯」應着。而突然之間，只見溫寶裕陡然想站直身子——在車廂中自然無法做到這一點，所以他又被逼坐了下來，但這個行動，也證明他心中的震驚至於極點。我和陳耳互望了一眼，我知道溫寶裕的性格，要令他如此吃驚，一定事情本身非同小可，整件事到現在都詭異莫名，猜王要溫寶裕去做的事，也可能怪誕之極，那倒也是意料之中的事。接着，又見溫寶裕不住搖頭，搖手——任何人都看得懂這兩種身體語言是代表着拒絕。可是猜王還在不斷地說着，相隔雖然遠，也可以看得出，溫寶裕陡然臉紅了起來，一張俊臉，愈漲愈紅。

可是他這時的神情，卻十分古怪。人在突然之間，大量血液湧向頭部，就會臉紅，臉紅的原因，不外是憤怒、興奮、害羞，等等。這時溫寶裕的神情，竟然是害羞。

我大是訝異：「降頭師說了些什麼話，竟然令得小寶害羞了？」

陳耳苦笑：「不可思議之至，不過看他的表情，也像是很高興。」

我點頭：「真是奇哉怪也，可是他仍然不住在搖頭，表示拒絕，咦，他想幹什麼？」

溫寶裕這時，身子向後一縮，陡然打開了車門，連滾帶跌，離開了車子。

在他滾跌出車子的同時，我也聽到了他的叫聲，他叫得十分急促，聽起來有點淒厲，由此也可知他的內心，是何等焦急。

他在叫：「不，不，不可以，絕對不可以，你怎麼能想出這樣的方法來？絕不可以，我一定不會答應，絕對不會答應。」

他出了車子之後，一直在叫着，甚至沒有機會站起來，也或許是由於他震驚太甚，一時之間，顧不得站起身，他在地上滾動了幾下，看來極其狼狽。

一看到這等情形，我自然立時向前趕去，可是我才跨出半步，陳耳在我的身後，用力拉住了我，他顯然比我更早一步知道將會有什麼事發生。

果然，就在這時，只聽得猜王降頭師發出一下怒吼聲，胖胖的身子，自車廂中出來，一步就跨到了溫寶裕的面前。

溫寶裕反手撐在地上，仰臉看着他，他則居高臨下地盯着溫寶裕，兩人之間強弱懸殊，可是溫寶裕還在叫：「不，我不答應。」

猜王惡狠狠伸手指向溫寶裕，我一看這情形，溫寶裕可能要吃大虧，所以我用力一掙，掙脫了陳耳，一面奔向前，一面叫：「喂，他不願做的事，你不能強迫他去做。」

猜王看來動了真怒，他並不望向我，只是揚手向我一指，喝：「你站住，別出聲。」

我倒真的在那一剎那間，怔了一怔，原因很簡單，是因為我有記憶以來，還沒有什麼人向我這樣呼喝過，以致我聽來陌生之極，要想上一想，才知道那樣的呼喝，代表着什麼意思。

我弄明白了猜王呼喝的意思，自然不會停下來，仍然繼續向前奔，猜王指向我的手，迅速縮了回來，並且立即在他的腰際輕拍了一下。

（接下來發生的事，可以進入任何的神怪小說和神怪電影之中。）

（事實上，現實生活中許多怪異的事，都超過小說中的描述。）

（著名的武俠小說家金庸，在見到了現受中國國防部觀察研究的異人張寶勝的種種特異功能之後，感嘆說：武俠小說中寫的武功，往往被人譏嘲為不可能，要是在小說中寫人能穿牆而過，能發高溫燒東西，不被人罵死？可是實際上，就有這樣的異人，會這樣的異能。）

（金庸小說《笑傲江湖》之中有一個小情節：西湖梅莊中的黑白子，把手指浸在一盆水中，令得這盆水結冰，使令狐沖能喝上冰凍葡萄酒。）

（曾有一個批評家，引用實用科學的觀點，對這小情節大加批評，結論自然是「不可能」。）

（如果異人張寶勝的異能之一，是人體發出的熱度，可以達到紙張的燃點，那麼，黑白子的這種異能，也就沒有什麼不可能。）

（異人張寶勝的每一種異能，用實用科學的觀點來看，都屬於不可能。可是這不是爭論可不可能的問題了，事實明明白白擺在那裏，只證明了人類的實用科學解釋不了那些異象。）

（實用科學不能解釋的事極多極多。）

（記述在這個故事中的降頭術，就是實用科學無法解釋而實際存在的異象之一。）

猜王降頭師的手才在腰際一拍，「嗖」地一聲響，陽光之下，就閃起一股燦爛之極的彩影，就是再給我看上十遍，我仍然會以為那是忽然之間，有什麼法寶，自他的身上飛了起來。

那股彩影來勢快絕，幾乎是直撲向我，我反應極快，立時後退，彩影在我面前只有半公尺處落下，我這才看清，彩影就是猜王腰際那條怪蛇。

怪蛇由於陡然竄過來時，速度實在太快，快過了人的視網膜十五分之一秒捕捉物體的能力，所以看起來，成了一股彩影。

怪蛇一落下，姿勢仍然是尾先點地，蛇身筆直地挺向上，蛇頭所在的位置，恰好和我一樣高，距離又近，蛇信在吞吐之間，幾乎可以碰上我的身子。

在這時候，陳耳叫了一聲：「猜王大師。」

我估計他那一下叫喚，是在看到怪蛇竄出時發出來的，可是等到聲音發出，怪蛇已經擺定了姿勢，陳耳也看出，猜王只是想阻止我前去，並沒有縱蛇咬人的意思，所以他也不再叫，只是在我的身後，不住地喘着氣。

有這樣的一條怪蛇在我面前，小寶的處境又大是不妙，猜王放出了蛇，難保沒有進一步行動。在這樣的情形下，我自然沒有再回頭去看陳耳。

怪蛇幽光閃閃的眼睛盯着我，我也盯着怪蛇，蛇是爬蟲類，我是靈長類，可是在這種情形之下，我一點也不覺得我這個萬物之靈能佔得了什麼上風。

不論是什麼蛇，「七寸」都是致命的弱點，我的視線，自然也盯在怪蛇的「七寸」上。那怪蛇竟像是會感到不安，牠頭部不住在擺動，看來像是想逃避我目光的盯視。

我估計，距離如此之近，如果我一出手，有可能一下子就緊揑住怪蛇的「七寸」。

可是抓住了之後的後果如何，我自然也要考慮。

首先，隔得近了，我可以看到，蛇背上，自頭至尾，都有細小密集的尖刺，人的皮膚必然不能抵禦這種尖刺的攻擊。

就算我一出手就可以抓住怪蛇的七寸，我也必須有十分堅韌的手套，來保護我的手和手臂。

而現在，上哪兒去弄這樣的手套去？

看來，突然之間，被一條怪蛇阻住了去路的這種處境，雖然令人尷尬，而且十分不愉快，但只怕也只好接受這個事實。

我心念電轉，只是極短的時間，猜王的聲音已傳來：「對不起，你再過來，只會壞事，所以一定要阻你一阻。」

我沉聲道：「你把蛇收回去，只要小寶沒有事，可以堅持他自己的主張，我就不過來。」

猜王連半秒鐘也沒有考慮，輕輕「噓」了一聲，怪蛇立時極快地回到了他身上。

我忙道：「小寶，站起來，這樣子倒在地上，成什麼樣子？」

溫寶裕這時，看來也從極度的震驚之中，定過神來，他一躍而起，喘着氣，臉色變白，他仍然在堅持他自己的意見：「不，我絕不答應。」

猜王面色鐵青：「你不做，我找別人去做。」

這時，他們兩人從車內到了車外，講話的聲音又十分大，自然我可以聽得清清楚楚。我一聽得猜王那麼說，心想事情解決了——他要小寶做一件事，小寶不肯做。他說小寶不做，他會叫人去做。那麼，事情和小寶沒有關係了，豈不就是解決了？

可是，溫寶裕聽得猜王這樣講，非但沒有放下重擔的輕鬆，反倒緊張得連額上的青筋都綻了起來，尖聲叫：「不行，你怎能叫別人去做？誰也不行，根本不行。」

他在說到「根本不行」之時，雙手用力揮動着，雙眼之中，流露着又是憤怒，又是害怕，又是委曲的神情，甚至淚花亂轉。

我一時之間，被溫寶裕的這種神態，震駭得一句話也講不出來。

因為我素知溫寶裕的性格，不是事情緊急之極，他絕不會有這樣的神態。

陳耳走過我的身邊，一面走，一面道：「溫先生，大師已經不要你去做什麼，就不關你的事了，你如何可以阻止大師去進行他要進行的事。」

陳耳的話，雖然説得不是很客氣，但是那卻正是我要説的話。所以我沒有再説什麼，只是等着，看溫寶裕如何回答。

溫寶裕的反應，仍然奇特，剎那之間，他整個人就好像是一桶炸藥，而陳耳的話就是火，使得他陡然爆炸了起來，他雙腳一併，跳起老高，聲嘶力竭地叫，不斷揮手，頓足，搥胸，扯髮，和把腳下的泥土踢得四下飛揚，以表示他心中的極度憤怒。

他叫的是：「你知道他的辦法是什麼？他……他……真正豈有此理，怎麼可以想出這樣的辦法來，別説傷天害理了，稍有良知的人，也不會用這種方法，簡直只有降頭師才想得出來──」

我聽到這裏，實在忍耐不住，大喝一聲：「説了半天，他的辦法究竟是什麼？」

在溫寶裕暴跳如雷時，猜王只是陰森森地看着他，一句話也不說。

我一問，溫寶裕不再跳罵，大口喘氣，指着猜王：「問他，我事先答應了他，不向任何人轉述他說過的話。」

我皺了皺眉，甚至懶得望向猜王，因為我想，猜王一定不肯說的——他要是肯說，早就說了。

可是，事情真出乎意料，猜王竟然立時開口，聲音很平靜：「我的辦法是，叫藍絲去冒充那個女子，讓她到史奈大師那裏去。」

猜王的話，說得十分平靜，可是我一聽，登時像有一窩蜜蜂鑽進了我的腦中，我滿腦滿頭甚至整個人的每一部分，都可以感到不絕的嗡嗡聲。

在這種情形下，自然無法再用正常的思考程序來想問題。我所想到的一切，都雜亂無章，而且是一下子湧出來，而不是有條有理地想出來的。

我首先想到的是，難怪溫寶裕的反應那麼奇特。

他和苗女藍絲相識雖然只有半天，可是這一雙青年男女之間，一見面就迸射出火花，火花已經化為烈火，正在燃燒着他們年輕的心靈，這一點，誰都可以看得出來。溫寶裕在聽到了猜王的提議之後，自然會反對。

因為照猜王的辦法去實行，首先想到的是，藍絲會遇到極大的凶險。

猜王的辦法，是叫藍絲去冒充那個女子，而史奈大師非得到那個女子不可的原因是，那女子是作為煉製鬼混降的媒介。

那女子之所以能成為鬼混降中的媒介，是由於她曾在強人死前，和強人有過身體上的親密接觸。

以史奈大師的神通，藍絲去假冒那女子，一定一下子就被戳穿，而被揭露之後的後果，可想而知。

我一想到這裏，總算有了頭緒，我忙道：「猜王大師，你的辦法行不通，史奈大師一下子就可以拆穿這種假冒。」

猜王一字一頓地道：「完全照我的辦法，他至少要在一小時之後才拆得穿，那時，已經來不及了，因為我打算在最後關頭，才令她出現，七天期限一過，強人真正成了死人，誰也不能挽救。」

他在說到「完全照我的辦法去做」時，又向溫寶裕望了一眼，而溫寶裕又立時漲紅了臉。

我留意到了這種情形，知道其中一定還有我所不知道的蹊蹺在。但這時我心中的疑團已經太多了，在沒有解決一部分之前，再引進新的疑團，只怕我的身子會被大量疑團擠碎。

我做着手勢，大聲道：「一步一步來，逐個問題來解決，先不説冒充，若是那個女子真的到了史奈大師那裏，史奈會把她怎麼樣？」

猜王閃過了一絲尷尬的神色：「那是最深奧的降頭術，只有史奈一個人才知道。」

我追着問：「剛才你説道，那女子是降頭術中的一個媒介，通常作為媒介的情形怎麼？」

猜王苦笑：「太複雜了，或許要用到頭髮，或許要用到血液，甚至驅出靈魂，什麼樣的可能都有，也有的只要輕碰一下。」

我的聲音低沉：「這樣説來，就算藍絲假冒的身分不被拆穿，她也是凶多吉少的了？」

猜王抿着嘴，過了一會，才道：「可以這樣說。」

我立時想說話，但猜王已搶在我的前面：「藍絲極自願進行這個計劃，因為雖然事情有不可測的凶險，但作為一個降頭師，如果能有機會和史奈在一起，經歷鬼混降的煉術過程，那是千載難逢的機會。」

溫寶裕悶哼了一聲：「值得用生命去博？」

猜王連眼也不眨一下就回答：「值得。」

溫寶裕再悶哼一聲，欲語又止。

我道：「既然藍絲姑娘十分願意，那你的辦法，可以實行，和溫寶裕又有什麼關係？」

猜王望向溫寶裕，溫寶裕轉開頭去不看他，我道：「小寶，說啊？」

溫寶裕怒道：「我說不出口，他那種辦法，簡直不……不是……」

他找不出形容詞來，猜王卻接上去：「也是藍絲要求的，她說——」

溫寶裕雙手掩着耳，大叫起來：「別說了。」

猜王壓低聲音：「你還有幾天時間可以考慮，我現在要聯合幾個降頭師，盡一切能力，去拖延幾天，不讓史奈找到那女子，一定要在最後關頭，推藍絲出去，史奈才會因為時間緊迫而鬆懈，我們才有成功的機會。」

他話一說完，竟然頭也不回就走，我還來不及叫他，他又回過頭來，指着溫寶裕：「你不答應，我就去找別人，任何人。」

這句話，他已經說過一次，這次重複，溫寶裕的反應，依然強烈，大叫：「不可以。」

可是猜王卻已不顧他的反應如何，極快地向前走去，轉眼之間，就進了一簇密林之中，看不見了。

這時，我心中疑惑之極。

第十一部

引路神蟲

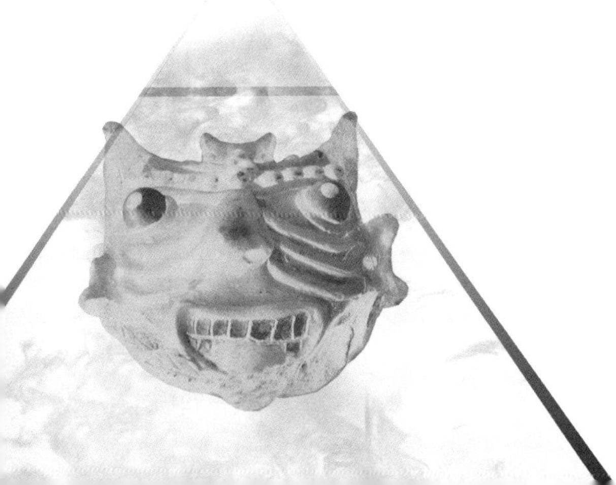

陳耳也在這時，來到了溫寶裕的面前，雙手抱拳，哀求似地問：「小祖宗，猜王大師究竟要你做什麼？你出點力，可以改變我們整個國家的命運，為什麼你還要拒絕。」

溫寶裕漲紅了臉：「我根本反對他的辦法，藍絲不必去冒險。」

陳耳有點惱怒：「你沒聽他剛才說，藍絲作為一個降頭師，願意去冒這個險？」

溫寶裕也怒：「那只是他說的。」

我沉聲道：「剛才，你為什麼不要求猜王帶你去見藍絲姑娘？」

我這樣提議，十分正常，可是小寶的反應怪異，他現出十分忸怩的神情來，欲言又止。溫寶裕的性格爽朗，這種神態，今天他一再出現，以前我卻從來也沒有見過。

由此可知，他心中一定有什麼事，不肯說出來。那事情，自然和猜王對他說的話有關。

我甚至可以進一步猜得到，事情多半和男女之情有關。溫寶裕正處於對異性感情最敏銳的年紀，只有事情涉及男女情愛，才能叫他一會兒害羞，一會兒發窘，一會兒滿臉通紅，又一會兒忸怩難言。

自然，再把他和藍絲在一起的這種神態結合起來看，又可以進一步肯定，他的「難言之隱」，一定和藍絲有關。

（我的推理能力相當強，能夠根據溫寶裕的神態，推論到了這一地步，已經相當難得了。）

（至於問題最關鍵的一點，這時，無論我怎麼樣都無法想得到——因為事情和神秘莫測的降頭術有關，豈是靠常理的推測所能想得到的？）

當時，我想到的是，可能是猜王要溫寶裕和藍絲在一起完成什麼程序，而溫寶裕不肯，我又看到一提到藍絲之後的那種神情，知道其中必有蹊蹺，所以我沉聲說道：「小寶，藍絲是一個苗女——」

我的本意是想他知道，藍絲是一個身分十分特別的女郎，不但是一個苗女，而且還會是一個降頭師，和他的教育背景、生活背景相去太遠了，乍相識，有許多新奇的事互相吸引，自然都對對方大感興趣，相識久了，會怎麼樣，誰都不樂觀。

我自然知道，我的這種想法太古老了一點，可是也料不到會惹來年輕小伙子那麼強烈的反感。

溫寶裕不等我講完，就臉紅脖子粗，大聲道：「苗女又怎麼樣？原振俠醫生的一個親密女朋友，甚至是一個超級女巫。」

我「嘿嘿」冷笑兩聲：「對我吼叫有什麼用，對你的父母吼叫去。」

溫寶裕看來十分惱怒，但是又無法可施，所以他只是大口大口，呼哧呼哧地透着氣。

我盡量使自己心平氣和：「我並不鼓勵你和藍絲發展進一步的感情，可是你現在分明十分想念她，想去見見她，是不是？」

溫寶裕咬着下唇，用力點頭，表示他真的想見藍絲。

我又道：「那麼，你為什麼不接受我剛才的提議。」

溫寶裕卻又像是突然被虎頭蜂螫了一下一樣，直跳了起來：「不，不，我……不去見她。」

陳耳在一旁，顯得十分不耐煩：「你不去見她，又想親耳聽到她自己的意願，究竟想怎麼樣？」

溫寶裕大叫一聲：「別煩我，讓我靜靜想一想。」

他說着，大踏步走了開去，走出了十來步，來到一棵大樹之下，仰頭望着天，遠遠看去，看到他雙手緊握着拳，真的是在苦苦思索。

陳耳悶哼一聲：「這小子在搞什麼鬼？上演少年維特之煩惱？」

我問：「猜王降頭師要他做什麼，你有沒有起碼的概念？他一定不肯說，我知道他是不會說的了，要是能說，他早就說了。」

陳耳冷笑：「我以為你們兩個人的好朋友關係，非比尋常，怎麼也有不能說的事？」

我苦笑：「我也想不出箇中原因，不過任何人都有權保留私人秘密的。猜王要他去做什麼？」

陳耳搖頭：「我不知道，一點概念也沒有，我只相信，若是這小子肯答應，史奈的鬼混降就煉不成。」

陳耳的態度這樣固執，我也無可奈何。這時，陳耳車上的電話響了起來，他奔過去接聽，才聽了幾句，就向我大叫：「我們快出去吧，那胖女人要發動第三次世界大戰來為他的寶貝兒子報仇了。」

我陡地吸了一口氣，胖女人，自然就是溫寶裕的母親，一定是覺得溫寶裕離開太久了，又大鬧起來了。我忙叫：「在哪裏？」

陳耳大聲應着：「在酒店，酒店方面，緊急告急。」

我來到車邊：「請告訴她，溫寶裕立刻就可以回到她的身邊。」

陳耳不由自主喘着氣：「也要告訴她，他們母子相會之後，她兒子再有什麼三長兩短，絕對和我國沒有關係。」

陳耳放下了電話，我們一起向大樹下的溫寶裕望去，只見他仍然仰着頭在思索，我正想叫他，他突然用力一揮手，像是終於有了決定，接着，就向我們急步走了過來。

我忙揚聲：「我們快回酒店去，陳耳接到的報告是，令堂會發動第三次世界大戰了。」

溫寶裕嘆一口氣：「別小覷她，她真會的。」

三個人上了車，陳耳駕車，我坐在他的旁邊，溫寶裕坐在後面，駛出了不多久，陳耳就道：「你和你母親回去，不理猜王的要求了。」

溫寶裕咬牙切齒：「他的要求，我絕無法做得到，那……簡直違背我做人的原則，違反……我做人的一切信條，簡直不可思議。」

他說得十分認真，而且神情痛苦而堅決，這也真令得我大惑不解，不知道猜王究竟要他做什麼，他又隻字不吐，叫人無法猜度。

陳耳悶哼一聲：「那麼嚴重，他不會是叫你去殺了你那胖母親吧。」

溫寶裕勃然大怒，厲聲道：「我要你道歉。」

陳耳也知道自己的話，說得太過分了些，立時道：「對不起，我道歉，在母親前面的那個『胖』字，應該刪去。」

溫寶裕緊抿着嘴，我心想，陳耳所說的雖然是氣話，倒也不是全無理由，當然猜王不會要溫寶裕殺他的母親，可是會不會是要溫寶裕對藍絲有什麼不利的行動？

一想到這點，我脫口道：「始終要見一見藍絲，聽她自己怎麼說。」

溫寶裕竟然立即道：「對，剛才在大樹下，我已經想到了。可是，我不能去，衛斯理，你代我去，如果她真是自願的，也勸她不要去冒險這個險……什麼人當國王，都一樣，何必為……」

陳耳怒道：「一個半人半鬼的怪物，握了大權之後，那極有可能是世界性的災殃。權力集中在怪物的手裏，普通人就隨時可以人頭落地，家破人亡，這種例子，不但歷史上有，近二三十年還出現過。」

溫寶裕不理會陳耳，雙手扒在椅背上，又道：「我相信你，你去見藍絲，我不能去見她，我不能。」

我沒有問他，為什麼他不能——因為如果他會說的話，早就說了。

我並不出聲。我去見藍絲，有什麼用呢？藍絲是一個降頭師，是猜王的徒弟，猜王說她是自願的，她多半是自願的，我去見她，唯一的作用，是或許可以在她那裏，知道猜王對溫寶裕的要求是什麼。

我想了一會：「可以，可是怎麼才能見到她？」

溫寶裕道：「那簡單，猜王給了我一樣極怪的東西，說是只要我想見藍絲，這東西就會帶路。」

我揚了揚眉，什麼東西，竟然能帶路，那自然又是降頭術的一種了，確然不可思議之至。

溫寶裕一面說，一面取出了一隻小小的竹盒來，那竹盒看來歷史悠久，竹子已經被汗水浸成了醬紅色，溫寶裕旋轉着竹盒的蓋子。一般用旋轉打開的蓋子，要打開的時候，總是順時鐘方向旋轉的，而這隻竹盒，卻是逆時鐘方向旋轉，而且轉了又轉，足足轉了十七八圈，盒子才算是打了開來。

在駕車的陳耳，也不禁好奇心大作，不住回頭過來看，我悶哼一聲：「猜王是什麼時候給你的，我一直在注意你，也沒有看到。」

溫寶裕道：「你一下車，他就給我了，說這東西是藍絲給的，用的時候，有一句咒語，它就會帶人去找到藍絲，十分有趣。」

那時，溫寶裕已經在打開盒子了，可是我還是忍不住問了一句：「那究竟是什麼？」

溫寶裕道：「看來，像是一隻甲蟲。」

盒子打開，我一看，果然是一隻甲蟲。那竹盒的內部，襯着不知用什麼做成的墊子，墊子之中有一個凹槽，那隻和指甲大小的甲蟲，就放在這凹槽之中，一動不動，不知是死是活。

我一看到那隻甲蟲，只覺得牠的顏色好怪，竟然是一種奪目的寶藍色——甲蟲的殼，顏色本來就十分燦爛，瓢蟲有鮮紅和黑混合的斑點，金龜子有翡綠和燦然的金光，不過寶藍色的甲蟲，卻並不多見。

我想進一步去看看清楚，車子卻陡然歪向一旁。這時，為了防止「第三次世界大戰」的發生，陳耳在公路上，把車子開得十分快，陡然一歪，幾乎沒有從公路的邊上，直衝了出去。

幸虧在緊要關頭，駕車的陳耳，又控制了車子，顛簸跳動了幾下，車子在路邊停了下來，陳耳大口喘着氣，指着那甲蟲。

溫寶裕大是不滿，剛才在車子的震盪之中，他手中的竹盒，差點沒脫手拋出去，他冷冷地道：「一隻小甲蟲，嚇得高級警官這樣子？」

剛才幾乎出了車禍，自然是陳耳看到了這隻甲蟲之後的異常反應，陳耳十分生氣，他想講什麼，可是臨時又改變了主意，他臉色煞白，猶有餘悸：「猜王對你說這引路神蟲怎麼用？」

溫寶裕「啊」地一聲：「他沒有告訴我這……甲蟲叫引路神蟲，只告訴我，如果我想見藍絲，只要心中想着她，再唸一句咒語，那……神蟲就會飛起來，在我的面前帶路，不論千山萬水，一年半載，總把我帶到自己想見的人面前。」

聽得溫寶裕那樣說，我不禁有點悠然神往。降頭術雖然神秘，但也處處帶着浪漫的色彩，和現實生活幾乎全然脫節，有一個自己的天地，一個神奇怪異的世界。像那「引路神蟲」，若是能帶引一對失散了的戀人，不論相隔多久，相隔多遠，終於又能團聚的話，多麼詩情畫意。

陳耳翻着眼：「沒有再說什麼？」

溫寶裕道：「沒有……難道他騙我？」

陳耳嘆了一聲：「幸好我還有點見識，這引路神蟲，聽說是運用了降頭術，是施術者的心口滴血養大的，大約餵了七七四十九滴心血之後，就煉成了，一般都是女性才煉，尤其是深山裏的苗女。」

我聽到這裏，已經聽出一點苗頭來了。溫寶裕張大了口，神情古怪之至，顯然他心中也有「三分光」了。

陳耳繼續道：「深山的苗人，生活不安定，山路險峻曲折，人群十分容易失散。相戀的男女，就有互相贈送引路神蠱的習慣，或許是為了考驗男性對愛情的堅貞，大都由女性送給男性，失散之後，男性憑神蠱的指引，找到了那女性，那就——」

我和小寶齊聲問：「那就怎樣？」

陳耳哈哈一笑，攤了攤手：「那就皆大歡喜。衛斯理，若是你利用這引路神蠱，去見那位藍絲姑娘，見了之後，若是你不娶她為妻，她決不會活着，一定在你面前，自殺身亡，死後陰魂不散，纏住你不放。」

我聽到這裏，只覺得事情荒誕之極，可是卻又不由得你不相信。溫寶裕的反應強烈得多，他的身子，甚至在發抖，臉色也蒼白之至。

陳耳還在繼續：「不過，苗女十分多情，纏身的鬼魂，也不會害人，反倒可以幫助人渡過許多難關，一帆風順。」

陳耳又道：「只是那個人如果再要和別的女性親近，女鬼吃起醋來，聽說比活的女人，要厲害一百倍。」

陳耳不顧我們的反應，說得滔滔不絕：「衛斯理有白素，誰都知道，他怎能和白素不親熱？你要他用神蠱引路，去見那個苗女，不是害死他嗎？」

我聽得目瞪口呆，一時難辨是非真偽，溫寶裕牙關打顫，得得有聲：「要是我……用神蠱……引路……去……看她呢？」

陳耳道：「好事啊，你又沒有老婆，自然可以娶她為妻，她自會千依百順，想盡辦法令你高興。小朋友，這引路神蠱，不是愛人之間，不會贈送，根本是一種定情的信物，藍絲姑娘把牠送給了你，等於是叫你去向她求婚，她一定會答應以身相許。」

事情突然之間，又有了這樣的變化，真是突兀之至，溫寶裕喃喃地說了一句：「這我倒知道。」

我忙道：「你知道？你怎麼知道藍絲一見了你，就肯以身相許？」

溫寶裕漲紅了臉，身子發抖，卻再不肯說什麼。陳耳道：「好啊，看來猜王要你去做一點事，給你的酬勞真不小，連徒弟都肯送給你，小伙子，趕快答應了吧，保證你不會後悔。」

溫寶裕沒有說話，只是手忙腳亂地想把竹盒的蓋子旋上。可是他手發着抖，又弄錯了方向，好一會，總算才旋緊了盒蓋，向我望了一眼，神情尷尬之至，又望向陳耳，問：「如果我……根本不用這神蟲？」

陳耳「嘿」地一聲：「苗女也有自尊心，她把這隻用自己心血餵成的神蟲給了你，等於是對你說：只要你願意，我就是你的人。如果你不願意，她難道強姦你？」

陳耳說話，十分直接，溫寶裕臉又一下子通紅，一副不知所措的神情，大有失神落魄之態。

我遲遲疑疑地問：「也沒有時間的限制？」

陳耳道：「好像……沒有聽說過。」

我向溫寶裕望去：「那你煩惱什麼？你和藍絲都還沒有過二十歲，怎知以後的歲月，會有什麼事發生？」

溫寶裕陡然一伸手，抓住了我的手臂：「接下來的幾天之中，就會有事發生，猜王要她……要她……」

我嘆了一聲：「猜王要她去冒充那個女人，當然，對藍絲來說，這件事危險之極，但如果可以安然度過——」

我還沒有講完，溫寶裕就雙手抱着頭，身子亂搖，發出十分痛苦的叫聲：「你不明白，你不明白。」

我大喝一聲：「我當然不明白，你不說，我怎麼會明白？你不是小孩子了，也不是在上演生離死別的文藝大悲劇。」

溫寶裕被我一喝，靜了下來，望了我片刻，目光極度惘然，可以看得出他心中有一個難以解得開的結，過了一會，他用聽來極疲倦的聲音道：「先回酒店去吧，猜王大師說我可考慮幾天……或許在這幾天之中，情形會有變化。」

我悶哼一聲，向陳耳作了一個手勢，示意他繼續開車。陳耳一面駕車，一面道：「真奇怪，猜王替藍絲帶來了引路神蠱，卻又不把有關的一切說出來，這算是什麼？要是剛才，我不在場，又或我不知道那麼多細節，你利用了神蟲，見到了藍絲，豈不糟糕之至？」

我思緒也十分亂：「我會利用神蟲，那是意外。猜王不可能知道我會利用神蟲。可是溫寶裕和藍絲一見鍾情，猜王是知道的，他也肯定溫寶裕會想見藍絲，會利用那引路神蟲。」

溫寶裕雖然坐立不安，煩躁之極，可是他還是不忘反駁：「我沒有和什麼人一見鍾情。」

我冷笑：「別客氣了，你那種神魂顛倒的樣子，誰看不出來？」

溫寶裕咕噥着：「她的確十分可愛……也十分有趣，我想是特別一點……」

他說到這裏，一挺胸：「我也到了可以結識異性的時候，是不是？」

我忙道：「當然是，除了令堂之外，沒有什麼人會反對你。而令堂贊成你和藍絲談戀愛的機會，我看是一億比一。你自己估計呢？」

溫寶裕用力在自己額頭上拍了一下：「我看是一億比零，哼，降頭術要是有靈，對她老人家施一下術，令她贊成，只怕也不是難事？」

他最後幾句話，是在自言自語，接着又搖頭：「不行，要是有什麼後遺症，豈不是害了她老人家？」

我聽得又好氣又好笑，溫太太對兒子管得自然太嚴，溫寶裕又特別鮮蹦活跳，衝突自然難免，但是母子之情，卻一樣濃得可以。

他長嘆一聲：「人生煩惱的事真多，所以賈寶玉在十九歲那年，要看破紅塵，做了和尚。」

我瞪了他一眼：「你也快了，不必等多久，你也可以看破紅塵了。」

陳耳冷冷地諷刺：「要當和尚，好像並沒有年歲限制，你想當，現在也可以。」

溫寶裕「哼」地一聲：「你懂得什麼。年紀太小，只能當小沙彌，不能當和尚，大不相同。」

在爭論之中，車子已進了市區，陳耳取出了警號盒來，放在車頂上，警號刺耳，劃空而過。陳耳的車子，橫衝直撞，別的車子避之唯恐不及，車子直到酒店門口，才陡然停住，幾乎沒有直衝進大堂去。

當我們奔進酒店大堂時，剛好看到大堂發生的事最後一刹那。

首先，我們先聽到一下尖叫聲——那下尖叫聲，我們都熟悉之極而又都希望在有生之年，可以不必再聽到。

然後，就看到體重接近一百五十公斤的溫太太，站在大堂中心，手指向前指着，全身在發抖（那種情形極壯觀），她在這之前是在幹什麼，不得而知，我們進來時，恰好趕上了最後一幕。

在她的身邊，有不少警官、警員和酒店的職員，所以可以推測到，在此之前，她一定是正在酒店大堂中大吵大鬧，而在忽然之間，她看到了極可怖的什麼現象，所以才自然而然地尖叫起來。

我們也都同樣想到，她看到的可怖異象，一定是她這時所指的方向，所以不約而同，一起循着她所指的方向望了過去。一看之下，三個人都是一怔。

在離她約三公尺處，俏生生地站着一個美麗之極的少女，不是別人，正是藍絲。

藍絲這時，和我們上次見到她的時候，並沒有什麼不同，只是在她的手臂上，繞着一條有藍色的鱗的小蛇，正在循着她的粉臂，上上下下，上不過肩頭，下不出手腕地盤來盤去，看來又新鮮又怪異，也有不少西方遊客，用十分驚異的神情打量着她，可是並沒有發出怪叫聲來。

溫寶裕首先叫了起來：「不好，我媽媽要昏倒。」

我一聽，大吃一驚，一百五十公斤的體重，要是推金山倒玉柱一般地跌了下來，可不是鬧着玩的，所以我忙指着她：「快扶住她，她要昏倒了。」

果然，溫太太臉色青白，眼向上翻，身子搖晃，站立不穩，兩個在她旁邊的警官，十分難得，一看到她要向後倒，連忙過去，用肩頭頂住了她的背，可是還是無法維持她的重量，終於三個人一起倒在地上，不過溫太太有兩個警官墊着，看來不會受傷。

溫寶裕奔了過去，藍絲看到了溫寶裕，大是高興，叫着：「小寶。」

第十二部

溫寶裕中了降頭

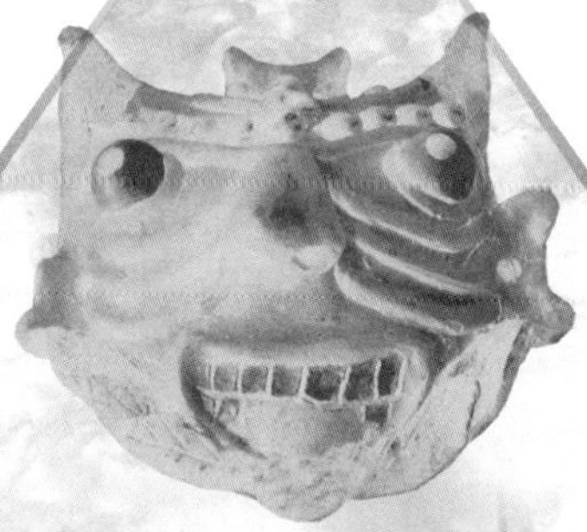

藍絲一面叫着，一面已急急走過來，溫寶裕忙轉過頭去問：「你為什麼嚇我媽媽？」

藍絲在剎那之間，神情古怪之極：「你媽媽？她一見我的那下叫聲，差點沒把我嚇死，我嚇她什麼了？」

溫寶裕苦笑：「她怕蛇，見了藥舖裏做藥用的蛇蛻，她也會昏過去，你看看你手背上的是什麼？」

藍絲扁了扁嘴，忽然用異樣的眼光望着溫寶裕，輕輕一頓足，嬌聲說道：「你過來，我有話要對你說。」

說完之後，她雙頰已經紅了起來，使得她看起來，更加嬌艷欲滴。

溫寶裕顯然絕對禁不起藍絲這樣充滿誘惑力的邀請，藍絲說完了話之後，轉身就走，溫寶裕也就自然而然，跟了上去。

這時候，昏過去的溫太太，正悠悠醒轉，還好，胖的人動作和反應都不免遲鈍一點，所以當她睜開眼來時，有一個短暫時間的停頓，猜想她這時什麼也看不到，當然未能看到她的寶貝兒子正跟着那「玩蛇的女妖精」（她後來對藍絲的稱呼）一起離去，不然，她可以再度昏倒，永遠不醒。後果堪虞！

我在一旁看了這等情形，又是好氣，又是好笑，場面十分亂，而且藍絲突然會在這裏出現，也是意外，我只想到，溫太太一定會立刻逼着溫寶裕回去，少年男女，感情才爆發，就要分手，自然會十分傷感，那就讓他們多聚一會吧。

所以，我看到溫寶裕跟着藍絲走開了，非但沒有叫住他，而且還把身子擋了一擋，阻住了已醒過來的溫太太的視線。所以溫太太一睜開眼來，首先看到的人是我，她用極害怕的聲音道：「快……快把那玩蛇的女妖精趕走！」

我忙道：「你放心，溫太太，你回房去休息一回，那女……女孩子不會害人！」

溫太太總算站直了身子，還在直冒汗，喘着氣：「太可怕了！太可怕了！」

這時，她也發現了陳耳，她立時又指着我：「小寶呢？小寶不是和你在一起的麼？小寶呢？」

我雙手做着緊急的，阻止她再發出尖叫聲的手勢，急急道：「小寶很好，什麼事也沒有，而且什麼都解決了，你們很快就可以回家去！」

溫太太舒了一口氣，渾身胖肉抖動，相當壯觀，但只要她不發出尖叫聲和無理取鬧，她實在是一個美麗的胖婦人。她道：「小寶呢？小寶在什麼地方？」

在酒店大堂中，已經沒有了溫寶裕和藍絲的蹤影，我也沒有留意他們到哪裏去了，所以，我望向陳耳，投以詢問的目光。

陳耳的神情有點古怪，揚起手來，一會兒指東，一會兒指西，說起話來，也遲疑得很：「我看到他和一個女孩子一起走開去，沒有留意他究竟到什麼地方去了！」

溫太太一聽，吸一口氣，張大了口，我知道她想幹什麼，因為我在第一次見到溫寶裕的時候，就曾領教過她呼叫兒子的那種神威。

所以，我也不顧會有什麼後果，不等她運足中氣，就一伸手，掩住了她的口，大聲道：「我們通過廣播找他，你先回家去，不要再製造混亂，不然可能又惹麻煩！」

我說得十分快，而且說的話，很有權威性，總算把她那一下叫喚及時阻止，免得酒店大堂再起混亂，也算是做了一件造福人群的好事。

她吞了一口口水：「快點廣播，我們立刻就走！」

我找來了酒店職員，請他廣播，要溫寶裕立刻到房間去，和他母親相會。

這時，我想，溫寶裕跟着藍絲走開去，多半是到了什麼後花園，沒有什麼人的地方，互相甜言蜜語一番，一聽到了廣播，溫寶裕不是不知道他母親對他的緊張程度，至多三五分鐘一定會出現的。

溫太太先回房間，我和陳耳在酒店大堂等着，陳耳一直維持着那股古怪的神情，我好幾次想問他在想什麼，他都避開了我的眼光不看我。

十分鐘之後，溫太太氣急敗壞，向我們奔來。從電梯到我們坐着的地方，不過十來步，她至少碰撞了七八個人，而被她碰撞了的人，都在望了她一眼之後，什麼話也沒有說。

我一看這種情形，不禁皺眉：「溫太太，小寶和他的朋友，或者有點話說，你別心急，只有十分鐘！」

溫太太尖聲道：「朋友？他在這裏有什麼朋友？」

我耐着性子：「朋友隨時都可以結交的！」

溫太太的橫蠻又發作：「我不要他在這個鬼地方結識任何人！」

我指着陳耳：「要不是我們在這個鬼地方有這個朋友，你們目前的處境，可能是被吊起來在鞭打！」

溫太太悶哼一聲，一連聲道：「再廣播！再廣播！」

再廣播又持續了二十分鐘，溫寶裕仍然沒有出現，這連我也覺得太過分了！溫寶裕離開酒店的可能性不大，因為當藍絲要他跟着走時，他母親還在昏迷狀態之中。溫寶裕反抗他母親的管束，但也決不是不關心他的母親，所以，不可能走得太遠。

而且要他們在酒店範圍之內，他一定聽得到廣播，就算再捨不得和藍絲分手，也應該出現了！

所以，我可以肯定，一定是有什麼意外發生了！

我向陳耳望去，想聽聽他的意思，可是他仍然神情古怪，我向幾個職員問，因為藍絲的外型十分奇特，容易引人注意，可是都說沒見過。

望着神情焦急之極，頻頻在抹汗的溫太太，我腦中突然起了一個古怪之極的念頭：「會不會是藍絲運用了降頭術的力量，使溫寶裕根本聽不到廣播？」

一想到這一點，我就低聲問陳耳：「是不是藍絲在弄什麼花樣？」

那麼普通的一個問題，卻令陳耳嚇了一跳，連講話也口吃起來：「不……不會吧！」

我始終覺得他的神情很怪，盯了他一眼，他忙又道：「不會吧，我看……不會吧！」

我悶哼了一聲，沒有再說什麼，溫太太的焦躁程度，隨着時間而增加，我的情形，也是一樣，等到一小時之後，溫寶裕還沒有出現時，我先發制人，先狠狠地罵起來：「這小畜生，太不像話了，看我不扭他的筋，剝他的皮！」

我一發狠，溫太太反倒害怕起來：「你們……不是好朋友嗎？他到底還年輕？」

我一翻眼：「不扭筋剝皮，一頓毒打是難免的！」

我一面說，一面用拳頭「砰砰」地敲在沙發的靠背上。溫太太其實個性很溫和，看到我發狠的樣子，十分害怕，不敢出聲。我自然知道用這種行動去嚇她，十分無聊，可是小寶一直不出現，也只有這個法子，可以使溫太太轉移注意力了。

一直到足足九十分鐘之後，電梯門打開，才看到溫寶裕失魂落魄地走了出來。

溫太太一見，一聲歡呼，衝過去就把他擁在懷裏，溫寶裕沒有什麼反應，我看到他自溫太太寬厚的肩頭上露出來的臉，不但神情惘然，而且雙眼紅腫，顯然曾經哭過。

我曾預料過他會和藍絲難分難捨，可是也絕想不到會到了這種程度！

我不等他從他母親鬆開手，就指着他大聲道：「怎麼，中了降頭術？」

溫寶裕像是全然未曾聽到我的怒吼聲，仍然神情惘然，我還想再喝他，可是陳耳在我的身後、輕輕碰了一下，向電梯指了一指。我抬頭看去，這才看到，電梯中還有一個人沒有出來，正是藍絲。

藍絲在電梯中，像是遲疑着是不是應該出來，最後才下定決心，走了出來。

在那一剎那間，我想到的是：藍絲看來一直和溫寶裕在一起，幾十分鐘他們在幹什麼？

藍絲的神情，也是一片惘然，而且還有點淒然，她出來之後，用極低的聲音叫了一聲：「小寶！」

藍絲的那一下叫聲，真的極其低微，可是，不但離她有幾步的我，聽得清清楚楚，顯然別人，包括失魂落魄的溫寶裕，也同樣聽到了。

溫寶裕的反應最強烈，他陡然一震，用力一掙，竟然掙脫了他母親的擁抱——那不但需要極大的力量，而且也需要極大的勇氣。

他立時轉過身來，面向正從電梯中出來的藍絲，溫太太這時，也看到了藍絲。本來，我猜她一定會又昏過去的。可是由於接下來發生的一切，實在令得她驚駭太甚，以致她不能昏過去了，負負得正的數學定理，也可以應用在人的情緒反應上。

她的雙眼睜得極大，注視着眼前發生的事，一面不由自主地搖着頭，表示她絕不相信她所看到的一切。

她看到的情景，自然和我們看到的一樣：溫寶裕一轉過身去，和藍絲面對面，兩人同時伸出雙手來，四隻手緊緊地握着。

溫寶裕口唇掀動，像是想說什麼，可是藍絲已先開了口：「小寶，別說什麼，我們該說的，全說了，該做的也全做了！」

藍絲的神情，淒然欲絕，溫寶裕也不遑多讓：「是……該做的嗎？」

藍絲笑了起來，淒然之中，又有着極度的甜蜜：「不管該不該做，你後悔嗎？」

溫寶裕陡然叫了起來：「當然不！」

藍絲嫣然笑：「那就是了！」

她說着，鬆開了溫寶裕的手，退了一步，眉梢眼角所顯露出來的那種依依不捨的神情，真叫旁觀者，也為之心醉，當事人自然心醉！

溫寶裕看來，立時就要跟了上去，可是藍絲向他作了一個阻止的手勢，溫寶裕立時站住。藍絲一直退着出去，她和溫寶裕，也始終四目交投，其間，不知交換了多少千言萬語，有着糾纏不清的不盡的相思。

等到藍絲退到了門前，翩然轉身，走出了旋轉的玻璃門，在她苗條的背影上，仍然可以看得出，她全身都在散發着情愛的光輝。

溫寶裕呆如木雞，溫太太像是如夢初醒，看着我和陳耳，又急步到溫寶裕面前：「小寶，快走，這地方邪門，白天好好站着，也會做噩夢！」

她實在無法相信剛才眼見的是事實，絕對無法接受，所以，以為那只是突如其來的一場噩夢！

這種想法，倒可以令得她自己心安理得，不過她連叫了三聲小寶，溫寶裕只是怔怔地望着旋轉門，一聲不出，一動不動。溫太太嚇了一跳，連忙走過去，伸手按在溫寶裕的額上，叫了起來：「小寶，你別嚇我！小寶，你別嚇我！」

她一站到溫寶裕的面前，溫寶裕自然再也看不到旋轉門了，他想推開他母親，無奈溫太太體重過甚，不容易推得動，他只怕也在這時，才看清楚了擋在他前面的原來是他的母親，所以他發出了一下無奈之極的長嘆聲，緩緩閉上了眼睛。

在他閉上眼睛之際，人人都可以清清楚楚看到，自他閉着的眼睛之中，有大滴的淚水透出來。

溫太太又大呼小叫了起來：「小寶，你在哭？你從三歲以後就沒有哭過，你為什麼哭，別怕，講給媽媽聽，別哭，小寶，別哭，天塌下來有你媽媽頂着！」

溫太太的聲音雖然尖銳刺耳，可是她所說的話都真摯之極，聽得我都為之鼻酸，聽在溫寶裕的耳中，感受自然更加不同，他索性抱住了他母親，號啕大哭起來，他一哭，溫太太自然也忍不住，她音量十分宏大，一時之間，酒店的大堂之中，哭聲震天，許多住客圍住了看，不知發生了什麼慘事，而酒店的職員，手忙腳亂，不知如何可以阻止這母子二人的抱頭痛哭。

我和陳耳，也不禁面面相覷，因為自從溫寶裕一出現起，情形簡直怪異絕倫，他和藍絲，公然上演了一場生離死別，這時他痛哭失聲，自然是為了藍絲的離去。他和藍絲在一起的時候，藍絲對他說了些什麼？

我一想到這裏，突然又想起了猜王降頭師的計劃，是要藍絲去冒充那個女人，他也曾說過，藍絲在這種冒充行動中，要欺騙的對象，是天下所有降頭師之王，史奈大師，因此，幾乎任何事都可以發生，危險之極。那麼，是不是藍絲自己知道了凶多吉少，所以來和溫寶裕話別，而又情不自禁，把自己的處境說給溫寶裕聽，所以才會有那種生離死別的情形出現——藍絲如果真的處境危險之至，那麼，剛才的情形，就有可能是真的生離死別！

我一想到這一點，不禁感到了一股寒意——直到那時為止，我對於降頭術這種神秘莫測的玄學，一無所知，一直都只在它的外圍徘徊，只是可以肯定有這種異術的存在，又會膚淺地用實用科學的觀點去否定它而已。

所以，對於藍絲去冒充那個女人，會有什麼樣的可怕遭遇，一無所知。只是根據我的處事原則，我覺得像藍絲那樣可愛的少女，絕不應該成為降頭術或降頭師鬥法的犧牲品！

所以，我感到自己應該有所行動，不應該再旁觀下去。

這時，溫家母子還在抱頭痛哭，可是溫寶裕顯然已過了情緒最激動的一刻，他仍然在流着淚，可是已不再號啕痛哭。我向他走過去，沉聲道：「小寶，我以為你早知道哭的作用！」

溫寶裕用力點頭：「哭可以發泄心中的悲痛！」

我作了一個手勢：「可是哭絕解決不了任何問題！」

溫寶裕用力一抹眼睛，後退了一步，在那片刻之間，他的神情變得十分堅定，望着他的母親——溫太太由於流淚，她本來很濃的化妝，都化了開來，使得她看來變成了一個大花臉。

溫寶裕自她的手中，把她的手帕接了過來，在她臉上用力抹着，盡量把各種色彩抹乾淨。然後，他用極正常的聲音道：「媽，你先回去，我在這裏還有點事，一定要停留幾天才走！」

溫太太把口張得老大，一時之間，一個字也講不出來，只是伸手指着他，溫寶裕挺直了身子——他已比他的母親高出了許多，他的聲音更堅定：「媽，我已經長大了，你不可能在每件事上都照顧我。剛才我哭，你把我當是嬰兒一樣地哄，我很感動，可是你絕猜不到我痛哭的原因，那是你無法再照顧的一種情形，必須讓我自己處理！」

溫太太驚惶失措之至，不住地說着：「小寶，怎麼會呢，沒有我照顧，你能做什麼？」

在她說到第八次還是第十次時，我和陳耳齊聲道：「沒有你的照顧，他能做任何事，你已經開始不能了解他了，雖然他是你的兒子，但是他早已有了獨立生活的條件。兒子都感激享受母親的愛，可是絕不喜歡母親憑自己意志對他的束縛！」

要溫太太聽明白這番話不難，可是要她接受這番話，我根本不存在任何希望。一個頑固之極的人在聽了一番勸說之後，幡然悔悟，痛改前非，那只是小說和電影中的情節，實際生活之中，極難發生。

果然，溫太太杏眼圓睜，大喝一聲：「我不知道你在胡說八道什麼，他是我兒子！」

接着，她轉向溫寶裕，用更響亮的聲音喝，「小寶，立刻跟我走！」

溫寶裕這時的處境，相當為難。我知道他要留下來，一定和藍絲有關，我也希望他留下來，可是，他卻又不能硬來，要是他和他母親真出了正面衝突，只怕也不會有什麼好結果。

我向他暗中作了一個手勢，示意他應該委婉一些，他呆了一呆，忽然走向他的母親，在耳邊低聲說了一句話，像是問了一個問題。

溫太太點了點頭，溫寶裕又說了幾句，剎那之間，溫太太臉如死灰，驚恐莫名。我看了看這種情形，心中暗暗好笑，心想知母莫若子，溫寶裕一定知道他母親最怕的是什麼，所以這時正在嚇她。

溫太太雙手發着抖，按在溫寶裕的肩頭上，盯着溫寶裕看。溫寶裕又低聲講了幾句，溫大太依然驚恐，可是又大是疑惑。

溫寶裕嘆了一聲：「媽，相信我，只有這個辦法，我才不會死，十天之後，我一定生龍活虎跳回來，你現在要我回去，等於要我死！」

溫大太急極：「那我也留在這裏陪你！」

溫寶裕搖頭：「沒有用，你留下來，只會壞事，不信你問衛斯理！」

溫太太立時向我望來，我根本不知道他對他媽媽說了些什麼，只聽到了他最後兩句話，但這時，溫太太向我望來，我立時極肯定地點了點頭。溫太太還是半信半疑，溫寶裕已大聲道：「陳警官，請你送我母親到機場去！」

陳耳大聲答應，走向前去，挽住了溫太太的手背，不由分說，推着、拉着，把溫太太向門外移動，溫太太頻頻轉頭，溫寶裕連連揮手。

好不容易，等溫太太和陳耳出了門口，我連忙來到溫寶裕的身邊：「小寶，你對媽媽說了些什麼，她居然肯讓你一個人留下來？」

溫寶裕立時道：「我對她說，我中了降頭！」

我本來想「哈哈」一笑，罵他一聲「小滑頭」的，可是看到他講這句話的時候的樣子，我怎麼也笑不出來。他一直都是一副嘻嘻哈哈的樣子，可是這時，他現出來的那種愁苦的神情，簡直叫人心酸！

我看出情形大不對勁，連忙向他投以詢問的神色。他和我相處久了，自然可以知道我在問他：「你是真的中了降頭？」

他立即點了點頭。

我陡然吸了一口涼氣，沒有再問什麼，等待他進一步的解釋。溫寶裕低下了頭，聲音遲緩而憂傷：「情緒可以殺人，人會哀傷致死的！」

我道：「是，可是那不是降頭！」

溫寶裕抬起頭來：「有什麼分別？反正是無緣無故，莫名其妙的死亡！衛斯理，愛情是人類情緒的極致，愛情才一發生，便已結束，那足以令我死亡！」

我的思緒相當亂，一時之間，不知如何說才好，過了一會，我才道：「你和藍絲才相見兩次，愛情就那麼刻骨銘心？」

溫寶裕想也不想：「世上真有一見鍾情的……真的有的！」

我也相信有的，想當年，我和白素，何嘗又不是如此？我深深地吸了一口氣：「藍絲姑娘的處境，一定十分危險，我們能為她做些什麼？」

溫寶裕向我望了一眼，作了一個手勢，示意我跟着他。我和他一起到了升降機，到了他住宿的那一層。當升降機的門打開時，我想到他在這酒店中怪異之至的遭遇，也不禁生出了一股寒意。

進了溫寶裕的房間之中，一進來，我亦聞到了一股十分奇異的香味，而且，立即辨明，這種古怪的香味，是藍絲身上所佩的一種花朵所發出來的。自然，我也立時想到，在溫寶裕失蹤的那一個多小時，他和藍絲兩人，就躲在這間房間之中！

一想到這一點，我的神情不免有點古怪，向溫寶裕看去，他的神情也古怪之極。

我自然不便問些什麼，只是道：「藍絲會有什麼樣的遭遇？」

溫寶裕長嘆一聲：「鬼混降的詳細內容，只有史奈降頭師一個人才知道，所以，她會有什麼樣的遭遇，完全沒有人知道。即使對降頭術已大有研究的猜王，也無法作出任何預測！」

第十三部

小寶做了什麼？

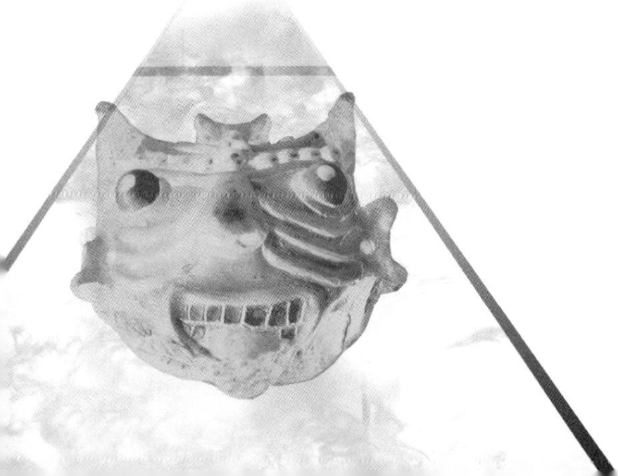

我用力一揮手：「那太可怕了，應該勸阻她參加猜王的計劃——整個計劃，用一個少女的生命去作賭注，那決不是一個好計劃！」

溫寶裕苦笑，伸手在自己的臉上，重重抹了一下：「降頭師有降頭師自己的想法，她和猜王都認為，如何在這次行動中，能令史奈失敗，那是降頭師一生之中，最高的榮耀：打敗了降頭之王！」

我緩緩搖頭，想說什麼，還沒有說出來，溫寶裕已然道：「她完全自願，而且狂熱，勸她不參加，一定沒有用！」

我忽然想起猜王對溫寶裕的要求：「不是說，有一個關鍵，要你的幫助，而你又不肯做？只要你不做，只怕猜王的計劃就難以實行！」

溫寶裕轉過頭去，望着窗外，過了半晌，才道：「她親自來要求我做，我……我……已經做了。」

他在說這句話的時候，聲音顫得厲害，我又問了一句：「這次是藍絲親自來求你的？」

溫寶裕轉過身去，背對着我，聲音極低「嗯」了一聲，算是回答。

我本來還想問「究竟猜王要你做些什麼」的，可是溫寶裕這時的「身體語言」，已經明顯地在告訴我，要我別再問下去了，所以，我只是吸了一口氣，並沒有把那個問題問出來。

從溫寶裕的背影，可以看出他十分緊張，若是我問出了那個問題，他一定會十分反感，而且會有十分激烈的行動，所以我始終不出聲。

約莫過了一分鐘左右，溫寶裕才轉過身來，他自然在我的沉默和神情上，可以看得出我不打算，至少是暫時不打算向他問那個問題了，他用十分正常的聲音，突然說了一句：「謝謝你！」

我仍然不出聲，只是望着他，他已回望着我。他剛才忽然說「謝謝」，自然是感謝我沒有再追問下去。這樣一來，猜王要他做的事究竟是什麼？我自然再也不能問他了。除非他自己說出來，不然我可能永遠不知道。而從他的神態行為來看，他可能永遠也不會說。

然而朋友之間確然應該有自己的秘密，但是我也不免有多少不快，所以我悶哼了一聲，算是回答。溫寶裕的反應十分妙，他道：「對不起！」

我笑了一下：「算了！小寶，我是一直把你當朋友的！不是小朋友，是真正的朋友！」

溫寶裕十分激動：「我知道，我發誓我知道，真的知道！」

他說着，望着我，祈求我原諒的目光十分真摯，我忙在他的肩頭重重拍了兩下：「不必再提了，現在的情形是，藍絲肯定已要去冒充那女人了？」

溫寶裕咬着下唇，點了點頭。

我問：「她不被識穿的機會是多少？」

溫寶裕吸了一口氣：「經過幾個第一流降頭師的合作，和……她本身的條件，她……不會被識穿。」

我用力一揮手：「這說不過去，藍絲去冒充，目的是使史奈失敗，史奈一失敗，自然可以知道毛病出在什麼地方，怎會不識穿藍絲的假冒？」

溫寶裕嘆了一聲：「所以藍絲的責任十分重大，她必須在史奈失敗之前，不被識穿——她有把握做到這一點。而為了她自己的安全，又要在肯定史奈失敗之後，安全地離開！」

我感到了一股寒意：「若是她不能安全撤退。」

溫寶裕臉色煞白：「那不必說，自然遭遇慘絕……只怕遠勝死亡！」

我的神經也緊張之至：「事實上，就算她的冒牌身分仍未被揭發之前，史奈為了煉降頭術，也會有意料不到的凶險，發生在她的身上！」

溫寶裕嘆了一聲，神情極其難過。我大聲道：「在這種情形下，我們就不應該坐着看事情發生，總要有些行動，去減少藍絲的危險！」

溫寶裕的聲音變得相當嘶啞：「我知道，可是我們能做些什麼？」

我想了一想：「猜王準備什麼時候，才讓藍絲出現？」

溫寶裕道：「最後一天……就是說，還有四天，那時，史奈大發神威，擊敗了眾多降頭師對皇宮的護衛，從皇宮中把藍絲搶走！」

猜王的計劃相當好，他讓史奈在降頭術的比試中獲勝，然後得到藍絲，自然減少了懷疑藍絲是假冒的可能。

（降頭術比試，這種說法，十分拗口而不自然，其實，有一個現成的名詞，在中國語言中一直在使用，十分傳神生動，這個詞是：鬥法。）

（猜王和一些降頭師，和史奈大師將要進行的行為，是降頭師和降頭師之間的大鬥法。）

（在這一場鬥法之中，藍絲充當了極其重要的角色。）

（在這場鬥法之中，溫寶裕也充當了重要的角色，可是他何以會牽涉在其中，和他究竟做了些什麼，我實在難以設想。）

在那一剎那間，我和溫寶裕同時想到，所以兩個人幾乎一起舉起手來，齊聲道：「既然爭奪戰在皇宮展開——」

然後我作了一個手勢，示意溫寶裕說下去，他就道：「那我們就到爭鬥的現場，至少是現場的附近，去觀察情況！」

我來回踱步，想到了更具體的辦法：「向陳耳商量，警方一定有設備先進的偵察車，這種車輛中，都裝有先進的電子偵察儀，可以有助於我們的行動！」

溫寶裕立時贊成：「這就去找陳耳！」

再見到陳耳，是三小時之後的事了，在陳耳的辦公室，他才把溫太太，據他說，是「塞」進了飛機，並且拜託了機上的人員，對溫太太要特別照顧，千萬別令得她情緒激動，以策飛行安全。

而當陳耳聽到了我們的計劃和要求之後，神情古怪之至，他先是注視了溫寶裕好一會，好像溫寶裕的臉上，有着可供開採的鑽石礦一樣。

而溫寶裕則半轉過頭去，避開了他的目光。

然後，陳耳皮笑肉不笑地發出了幾下「嘿」聲，陰陽怪氣地道：「用最新的電子儀器去觀察降頭術的爭鬥？」

我皺了皺眉：「我們在一旁觀察，目的是藍絲姑娘需要幫助的時候，可以最快地出手！」

陳耳的笑聲令人聽來更難受：「你以為降頭師的爭鬥是怎麼樣的？猜王放出一蓬濃煙，史奈一揚手，就有一陣風把煙吹散？還是猜王祭起一條捆仙索，而史奈就飛起一把金光閃閃的剪刀？」

陳耳的話，令我十分反感，我立時道：「那麼，照你說是什麼樣的情形？」

陳耳的神情變得十分疲倦，他揮着手：「不知道，我不知道，我對降頭術一無所知，讓降頭師他們自己去鬧吧，別參加進去！」

我悶哼一聲：「我需要一輛裝備先進的偵察車，你去安排，不但要車，我還要你，參加偵察工作，我們三個人輪班！」

我一面說一面用手指重重地戳他的肩頭，表示我的話，必須實現！

陳耳眨着眼：「要是……我拒絕呢？」

我早已料到他會這樣問的了，而我也有恃無恐。我立時回答：「那你只有一件事可以做，就是把我和溫寶裕殺了滅口。」

陳耳直跳了起來：「什麼意思？」

我學着他剛才那種陰陽怪氣的聲調：「我去向史奈大師通風報信，藍絲也可以得免去冒險，貴國也可以多一個半人半鬼的新國王！」

陳耳雙手緊握着拳，看來他倒並不是想打我，而是想痛罵我一頓。不過，他畢竟是聰明人，聰明人通常都不做沒有意義的事，他知道是不是罵我一頓，都不能改變事實，所以他只是吸了一口氣：「你計劃的行動，其實不會有用處！」

我道：「或許是，可是我們必須有行動，對不對？」

陳耳終於知道拗不過我，他對國王忠心，絕不想史奈的「鬼混降」煉成，所以就一定要聽我的話——我相信他在那時，一定曾十分認真地考慮過把我們兩人殺了滅口，可是他自然知道那不太容易，所以才沒有付諸實行。

他嘆了一聲：「好，我去準備那種車子，最先進的科學，對付最不可測的玄學，這種念頭，衛斯理，只有你這種怪人才想得出來！」

我自己也覺得十分古怪，而且，是不是有用處，一點把握也沒有，所以我道：「實在是太沒有辦法了，才會有這種辦法！」

陳耳一直搖頭，我們約好了時間和地點之後，離開了他的辦公室。溫寶裕一直顯得傷心又焦急，不住地在提出各種辦法，有的根本不知所云，有的有點幫助。例如他提出：「降頭術和巫術大同小異，是不是和原振俠醫生聯絡一下，請他那位超級女巫來壓陣？」

我覺得可行，我試用電話和原振俠醫生聯絡，可是完全聯絡不上，電話錄音就是說「有事遠出」。這種情形，也常發生在我自己身上，所以不足為奇。連原振俠也聯絡不上，自然更沒有辦法找到他那位超級女巫了！

（後來，才知道其時，原振俠醫生正在北非洲，參加了一個考古隊——這個醫生，不務正業，古怪得很。）

陳耳答應的是第二天交偵察車給我們，我和溫寶裕，先到皇宮附近，觀察地形，發現有一株大樹下，很可以利用。皇宮附近，看來平靜之極，一點也不像有什麼事發生的樣子，經過皇宮的人，在望向皇宮的時候，神色都十分敬重，我和溫寶裕蹓躂了一會，就回到了酒店，溫寶裕不但坐着發怔，而且大口喝酒。

溫寶裕既然和藍絲一見鍾情，那麼他現在的行為，也很可以了解，每一個在戀愛中的人和愛人分別了，都會這樣子的。

我並不阻止他喝酒，只是告訴他：「喝醉了酒，十分痛苦，而且絕不會有好的心情！」

溫寶裕長嘆一聲，仍然繼續發怔。

我不再理會他，這一天，在接下來的時間內，溫寶裕除了自言自語之外，沒有說過話。

我和白素通了一個電話——講了足足兩小時，我把在這裏發生的事，詳詳細細告訴了她，包括溫寶裕現在的反應，和他與藍絲一見鍾情的事。我用正常的聲音說電話，以為說到要緊關頭時，溫寶裕會插口，可是他卻一直在發怔。

白素一直是最好的聽眾，她不會打斷他人的敘述，只會在最重要的關頭，說上幾句十分有用的話。我和白素通話的目的，就是要聽她在幾處疑難處的意見。

白素的意見不多，但十分有用。首先，她對溫寶裕的行為，表示諒解：「猜王要小寶做的事，小寶一開始，一口拒絕，後來，也絕沒有考慮答應，然而在見了藍絲之後，他說已經做了，可知他無法拒絕藍絲的請求，這也很正常，青年人肯為自己所愛的異性做任何事。小寶所做的事，一定異乎尋常，他要是不肯說，你不必再逼問他。若不是真正有難言之隱，他不會對你有任何秘密。」

白素又道：「你想不出那是什麼事，我也想不出。降頭術的內容千變萬化，連降頭師也不能全部了解，我們是局外人，怎能知道？」

在她知道了我們現在的計劃時，她說：「真是，有趣極了，用先進的科學設備，企圖捕捉降頭術的蹤迹，經過情形如何，一定十分刺激！」

我趁機道：「還有好幾天才到重要關頭，你來不來？你要是來，我們可多一個得力幫手。」

電話通到這裏，已經是尾聲了，我聽得出白素略想了一想：「我不來了，我這裏有點事，也很出人意表。」

我忙問：「什麼事？什麼時間發生的？我才走沒多久就有事了？」

可能是我的語調太緊張了，白素笑了起來：「沒有什麼特別，每分鐘都可以有怪事發生在你的身上，為什麼我不能？等你回來才告訴你，小心，別被降頭術分解了，有機會，應該去看一下降頭術如何把一個死得如此徹底的人和鬼混合的經過！」

白素說話十分輕鬆，所以，我想多半不會有什麼大事，所以沒有再追問下去，我只是道：「那是史奈大師煉鬼混降的過程，外人怎能參觀？」

白素笑道：「至少藍絲姑娘可以參觀，她是整個降頭術的關鍵人物之一，應該會有很多過程，需要她在場！」

我咕噥了一句：「但盼到她到時有驚無險，那就好了。計劃的目的是要鬼混降失敗，就算可以參觀，過程也絕不會完整。對了，請繼續聯絡原振俠，他那位女巫朋友，可能對了解降頭術有點幫助。」

白素答應了一聲，在那時候，我彷彿聽到了另一個人說話的聲音，是一個女人的聲音，說了一句「你看那些魚」之類的話，我不是很敢肯定。

我想要問那是什麼人在說話，可是白素卻已把電話掛上了。

我自然沒有再打過去，只是心中疑惑了一下——電話是打到書房的，如果另外有人，那就是在書房中，白素很少邀請人到書房去，除非十分親密。

有了那麼多線索，我想我應該很容易猜出那是什麼人來，可是想了一想，卻又沒有頭緒，也就放過一邊，不再去想它。

溫寶裕仍然在發怔，有一口沒一口地喝着酒，催了他幾次，才呆呆地倒在牀上，仍然睜大着眼。他雖然在發怔，可是一直在翻來覆去，想着同一件事，因為他臉上，來來去去是那幾個表情，先是發怔，接着，是忍不住的，打從心底深處冒出來的微笑，然後深深地吸氣，慢慢吁氣，再接着，又是發怔。

我不再理他，自顧自休息，第二天一早，陳耳的電話就來，溫寶裕卻睡得很沉，陳耳道：「上午十時，在警局門口見，那輛偵察車，比想像的更先進，本來絕無可能調用，通過了皇宮的禁衛長，向國王說明，由國王出面，向警察總監說了才到手的。」

我答了一聲「好極」，直到九時半，才叫醒了溫寶裕。溫寶裕由於睡眠不足，一直揉着眼，神情悶鬱，一直到他進入了偵察車，看到了車內的種種設備時，他才發出了一下呼叫聲：「好傢伙！」

整輛車子，在外型看來，如一輛普通大小的公共汽車，約有十八公尺長，外表並不起眼，只有內行人，才能一眼看出，車頂上的若干形狀不同的突起物，是各種用途不同的探測儀的「觸角」，其中包括了聲波探測接收儀、無線電波接收發射儀、雷達設備、激光發射設備等等。

進入車廂，有一座複雜之至的控制台，台上有許多組鈕掣之外，是六幅熒光屏，那是顯示不同方法所測到的結果用的，控制台前，有舒適的座椅，另外的空間，還有許多別的儀器，也包括了三具可以把目標距離縮短五十倍的遠距離監視的電視攝影機。

我們大約花了一小時研究各項儀器，大致了解它們的性能，溫寶裕坐了下來，吁了一口氣：「用這來作監視，飛進皇宮的蚊子有多少隻，電腦的操作，也可以把牠們一隻隻數出來！」

他說了之後，還嫌不夠，又補充道：「電腦也可以判斷出有多少隻雌蚊和多少雄蚊！」

溫寶裕的話雖然誇張了一點，可是我相信這車中的電腦，一定可以在極短的時間內，就分析出十分詳盡的探測所獲的資料！

溫寶裕又發起愁來：「怎麼辦呢？我們甚至不知道要探測的對象是什麼東西！」

陳耳的辦法很乾脆：「把所有的探測儀全用上──這車子的性能極佳，最高時速可以達到兩百公里，而且還有火力相當強的武器！」

我隨口問了一句：「真出色，是哪一個國家的產品？我還不知道哪裏有這麼先進的設備！」

陳耳道：「我也奇怪，說是頂級秘密，聽說是兩個人的私人作品！」

我「啊」地一聲，溫寶裕也挺了挺身子，我們都同時想到了兩個名字很古怪的精密儀器製造者：戈壁沙漠！

只怕除了他們之外，地球上再也不會有人以私人的力量造出那麼精密的東西來了。

在陳耳表示疑惑，還沒有發問之前，我就簡單地向他介紹了戈壁沙漠的一些事，聽得陳耳叫歎一聲：「這世上能人異士真多！」

陳耳駕着車，離開了警局面前的空地，由於車子的外型並不特別，所以一點也不引人注目，我和溫寶裕打開了所有的探測設備，六幅熒光屏上，通過電腦運作所展示出來的資料，令人眼花撩亂，看得頭昏腦脹。

車子一直在街上行駛，街道兩邊的一切東西，都在探測範圍之內，忽然一幅熒光屏上，顯示至遠處電線中流過的電流，電壓是多少，忽然一幅石牆，是由什麼成分的花崗岩砌成的，忽然有各色的金屬光譜出現，原來正有另一輛車子在探測的範圍之內，看得溫寶裕大叫有趣，暫時也忘了憂慮。

車子駛到了皇宮附近，就在我們昨天相中那兩株大樹下停了下來，溫寶裕先對那兩株樹進行了探測，立刻知道了木材的成分、堅硬程度等等資料。

陳耳卻低聲道：「別玩了，我看皇宮中有不尋常的事發生，你看，有一輛裝甲車，停在皇宮門口！」

我們所在的位置，可以看到皇宮的正門，在正門外，確然有一輛裝甲車在，還有幾輛一邊有「船」的摩托車，有軍方的標記。

陳耳把電視攝影管對準了門口，並且把距離縮短，在熒光屏上，就可以看得很清楚，過了沒有多久，只見幾個軍人和幾個平民，自皇宮中走了出來，神情十分悖然，陳耳悶哼一聲：「一定是史奈大師派來索取那女人的！」

我盯着熒幕看：「如果是，那史奈大師的要求，一定被拒絕了！」

那幾個軍銜相當高的軍人，悖然地上了車，陳耳又道：「那另外幾個人，看來像是降頭師。」

這時，溫寶裕也已把所有探測設備的目標，都對準了皇宮的門口，只見那另外幾個人走到了離門口有二三十步處，忽然一起轉過身來，指手劃腳，動作愈來愈快，神情也怪異之至。

陳耳的聲音壓得很低：「他們在施降頭術，只盼宮裏的降頭師能頂得住！」

我有點不明白：「史奈大師既然天下無敵，他為什麼不親自出馬？」

陳耳道：「我猜，一定是煉鬼混降，也需要他親自主持，分不出身來，所以才一批批派人出來，到了緊要關頭，他自然會出現。」

這時，那幾個降頭師的動作，愈來愈快，而溫寶裕在這時，忽然叫了起來，我和陳耳轉頭向他看去，只見他張大了口，指着面前的六幅熒光屏，神情訝異之極！

我向那六幅熒光屏一看——也不禁為之怔呆。在那六幅熒幕上，都呈現不規則的、急速在變幻波動的許多線條，那顯示不論是聲波探測裝置也好，還是雷達探測設備也罷，都同時接收到了一種能量，而這種能量，又是電腦資料無法分析的！

所以，才會有雜亂無章的、閃動的線條！

而探測設備的探測方向，正有七個降頭師在施術！

熒幕上所顯示出來的雜亂線條，是不是和降頭師在施降頭術有關？

如果有關，那又說明了什麼？

第十四部

尖端科學探測到的巫術力量

剎那之間，我思緒紊亂之極，不知有多少問題，一起湧上來，可是又絕抓不住問題的中心！

我只好一面看熒幕那種閃動的線條，一面再去看在皇宮門口動作怪異的降頭師。六幅熒幕上顯示出來的線條絕不一樣，但是一樣雜亂之極，全然無法明白想顯示什麼。

這時，那幾個降頭師的動作已慢了下來，我忽然發現，降頭師的動作一慢，熒幕上雜亂的線條，閃動的速度也慢了下來。

接着，我更發現，雜亂線條的閃動節奏，簡直完全和降頭師的快慢節奏相配合。

毫無疑問，探測儀器接收到的能量，來自那幾個降頭師的身上，由那幾個降頭師所發出來！

陳耳和溫寶裕也發現了這一點，我們三個人，都面面相覷，神情怪異莫名——最先進的科學儀器和最神秘的玄學之間，竟真的可以發生聯繫！

不一會，那幾個降頭師已經停止了動作，直至不動，熒幕上雖然仍有雜亂的線條，但是也靜止不動。

這更證明降頭師的行動，一定有某種能量發出來，被探測儀器收到！

這只怕是有史以來，第一次降頭術有了具體的證明！

人的身體所發出的能量，能為特定的儀器所接收，本來不是什麼特別稀奇的事，大家所熟知的腦電圖、心電圖，就是根據人體活動能放出生物電的原理而發明的，早已被普遍應用在醫學上了。

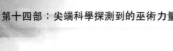

當然，像眼前這種情形，還是十分駭人，那幾個降頭師至少在三｜公尺之外，他們所發出的能量，竟然可以影響儀器。可是想深一層，那也是理所當然之事，他們是降頭師，懂得降頭術，自然和普通人不同，他們所發出的能量，自然也十分強烈！

我迅速地轉着念，漸漸，理出了一個頭緒來，原振俠曾向我解釋過巫術，他說，巫術是通過人腦的活動，人腦潛能的發揮，使得宇宙間本來就存在的許多力量為施術人所用，就像人使用各種工具一樣！懂得使用工具，和不懂得使用工具之間的差距之遠，可以遠到無限大，懂得利用本來就在的各種力量，和不懂得利用，自然在能力上也差了一天一地！

降頭術本來就是巫術的一種，是不是可以作如是觀呢？

我一面想着，一面已把自己所想的提了出來，溫寶裕大聲道：「就是那麼一回事！」

陳耳顯然由於自己就對神秘的降頭術有一種異樣的崇敬，所以他一時之間，未能接受這種新奇的解釋，態度有點遲疑。

這時，在皇宮門前的那幾個降頭師已經登上了有「船」的摩托車，和軍車一起呼嘯而去。控制台上的熒幕，已恢復了正常。

我操作了片刻，希望電腦可以分析出剛才接收到的信號是什麼，可是電腦的答案是：錯誤的信號輸入！

溫寶裕緊張兮兮地問：「那幾個降頭師剛才，施了什麼降頭術！」

陳耳苦笑：「我不知道，可能是想逼那個女人出來，但不成功！」

我忽然想起：「藍絲姑娘現在在……皇宮中？」

溫寶裕咬着下唇，點頭：「不錯，她在等，等史奈大師親自出馬，把她搶走！」

我吸了一口氣：「我們在這裏等候的目的，是想有可能幫助她，史奈一搶走了她，我們有什麼辦法知道她會被帶到何處去？」

陳耳默然不語，溫寶裕一字一頓地道：「我想過了，用引路神蟲！」

我和陳耳都有點吃驚，用引路神蟲去找藍絲，找到之後，有什麼後果，陳耳說得十分明白，而溫寶裕還是決定使用！

我和陳耳一起向他望去，他只是聳了聳肩，攤了攤手，作出一副不在乎的神情。

我沒有說什麼，心中想，溫寶裕和藍絲一見鍾情，已成定局，以後如何發展，幾乎都在意料之中，那麼溫寶裕使用引路神蟲，也沒有什麼大關係了。

當天，在皇宮門口出現的，不同的降頭師，有三次之多，每次降頭師一出現，不論有動作也好，沒有動作也好，和探測儀聯結的熒幕上，都會有十分怪異的線條出現。

第二天，情形更怪。

車子一直停着沒離開，我們三人輪流休息，正當我輪值，我把溫寶裕和陳耳推醒，共觀奇景。

三個降頭師在皇宮門口，各自驅着一條五色斑斕的蟒蛇，向皇宮中遊去，那三條蟒蛇，都有碗口粗細，三公尺長，蟒蛇在遊進皇宮的門口時，像是不願意再向前去，要那三個降頭師一再驅策，才勉強進了門。

可是，進門不久，三條蟒蛇就極快地一條接一條，遊了出來，奇景就在牠們遊出來時發生，像是地上埋着鋒利無比的刀刃，蟒蛇一遊過，就被齊中剖開，成了兩半，由於牠們竄出來的速度十分快，所以自頭至尾，被剖成了兩半的蛇身，噴出一片腥血，半邊身子還在向前竄，像是一條蛇，忽然一分為二了一樣！

就在第一條蟒蛇竄出來，發生這種情形之後，我連推帶喝，弄醒了陳耳和溫寶裕，所以他們來得及看到第二條和第三條蟒蛇，遭到了同樣命運的情景。

我們也在熒幕上看到，那三個驅蛇的降頭師，神色慘變，一轉身，以極快的動作，竄上了一輛車子，車子也立即疾駛而出，絕塵而去。

我和溫寶裕顯然看得頭皮發麻，但比起陳耳來，都好得多，陳耳全身發抖，像是惡性瘧疾發作，臉色不是慘白色，簡直是慘綠色，結結巴巴地說着：「天，多慘烈的……降頭師……鬥法！」

說着，深呼吸了幾次，神情才鎮定了一些，指着皇宮的門口：「那三個降頭師，現在已經死了……身子齊中剖開，和他們養的蟒蛇一樣……我真怕他們剛才……未曾上車，身子就裂成了兩半！」

聽得他這樣說，我和溫寶裕也不禁大吃一驚，等待他進一步的解釋。

陳耳又喘了幾口氣：「降頭師養的任何生物，都和降頭師本身，有着血肉相連的關係，這三條蟒蛇，若是進了皇宮，三個降頭師的靈也就進入了蛇的身體，所以，三條蛇可以在宮中找到那個女人，並且把她帶出來。可是卻遇上高手，破了法，他們也完了！」

一番話，聽得我疑真疑幻，我也不禁慶幸那三個降頭師未曾在我的眼前，裂成兩半，不然就算我見多識廣，什麼場面都見過，只怕也會忍不住要作嘔！

溫寶裕眨着眼，神情也是將信將疑，陳耳再喘了幾下：「我也是聽說的……嗯……照這情形來看，在皇宮中，一定另有極高明的人在主持大局！」

溫寶裕揚眉：「不是猜王降頭師？」

陳耳搖頭：「我看猜王的道行未到這一地步，不能破法破得如此之快，奇怪，要是另有高人在主持大局，這個高人是誰呢？」

我們當然不知道這個高人是誰，只好繼續聽他的自言自語：「能和史奈大師鬥法的……史奈派出來的人，都已是高手，可是……啊！」

他說到這裏，忽然怪叫了一聲，把我們嚇了一跳，他神色又自大變：「難道是他！他又出來了？嘿，要真是他，那可真熱鬧了！」

溫寶裕不耐煩：「他他他，你究竟在說誰？」

陳耳有點惱怒：「說給你聽，你就知道了？嗄！史奈大師有一個師父——」

陳耳料錯了，我和溫寶裕曾聽原振俠講述的，史奈大師和他的師父巴枯大師鬥法的故事，為了爭奪天下第一降頭師的名銜，師徒二人，各出奇謀，用盡高深莫測的降頭術，結果，當師父的巴枯大師，反而敗下陣來。

這已是好多年之前的事了，如果現在巴枯大師竟然捲土重來的話，那就正如陳耳所說，熱鬧之極了！

溫寶裕聽出陳耳的話中，大有輕視之意，他也就一聲冷笑：「你說的是巴枯大師吧，我有什麼不知道的！」

陳耳瞪大了眼，望着溫寶裕，看不透這小伙子究竟還懂得多少。

我道：「當年巴枯鬥不過史奈，現在……有用？」

陳耳攤着手：「誰知道，我們看下去，或許可以看出一點名堂來。」

那一天，再也沒有事發生，可能真如陳耳所說，那三個驅蛇的降頭師已經慘死，使得史奈大師要重新估計敵方的力量。或許，史奈也已知道，和他敵對的幕後主持人者，是一個絕頂高手。

史奈自然也立即可以知道，若是有這樣的一個高手在，那麼這高手，必然是他的師父巴枯！這也就令得他更要謹慎從事。

到了晚上，溫寶裕輪班時，忽然有「轟」地一聲巨響，把我和陳耳都驚醒，溫寶裕張口結舌，指着皇宮的方向，其實不必他指，我們也全看到了，在皇宮上空，有一團顏色極怪的光球，或者說是火球，正在迅速下降，可是還未曾碰到建築物，就像是被什麼所阻，向上彈了起來，在光球被彈起來時，就發出「轟」的一聲響。

一連三次，光球仍然向下墜，突然之間，像是被無邊的黑暗吸進去一樣，再也沒有了蹤影。

夜極靜，若不是曾親眼目睹，絕不相信剛才曾有那麼驚心動魄的景象出現過。

我相信當晚見到這種異象的人，必然不止我們三個，後來果然有不少關於那異象的報道，證明有許多人目擊。

在光球消失了之後好久，溫寶裕才道：「好傢伙，這簡直是用法寶在進攻了！」

陳耳忙道：「看電腦有什麼紀錄！」

溫寶裕手忙腳亂地按了一陣掣鈕，神情吃驚：「記錄到有極強烈的高壓電流出現過！」

我也不禁「啊」地一聲，那光球，還射着淺紫色的光芒，那正是高壓電所形成的光彩！

電，是本來就存在的一種能量，如果通過某種方法，可以把本來就存在的電能聚集起來，為己所用，那麼，剛才的情景，也就十分容易理解了。

除了電能之外，宇宙之間，還有多少種不為人類所知的能量在？人類發現電能，利用電能，有多久歷史？也不過兩百年而已！

神秘而古老的許多巫術，反倒可以利用許多人類所不知的能量，這種利用能量的方法又是誰教的？誰傳下來的？誰首創的？

一時之間，我們三個人誰也不出聲，當然每個人都在想着，所想的問題，一定也差不多。

過了好一會，我們才不約而同地吁了一口氣：「真的，太不可思議了！」

這種怪異的降頭師鬥法現象，在接下來的幾天中，一直持續着，不斷有各種奇形怪狀的人出現在皇宮門口，作出許多看來是莫名其妙的動作，其中有一個赤膊大漢，甚至把三柄發着藍殷殷光彩的小刀子，刺進了自己的喉嚨之後，發出了近十分鐘可怕刺耳之極的叫聲——當他怪叫的時候，聲波探測儀器上出現了「極度危險」的信號。

奇怪的是，始終見到的，都是「進攻」的一方，可以假設全是史奈大師派來的。防守的一方，一個人也沒有露過面，連猜王也未見出現，顯然一切全在皇宮中進行。

或許，猜王這一方面是故意在示弱，以增加史奈親自出馬之後，一舉成功的信心，也或許，他們覺得不露面也可操勝券。

總之，接下來又來了七八批「進攻者」，用的不管是什麼古怪的方法，都退了下去，看來，進攻失敗者的下場都不會好，因為退下去時，他們的神情都極難看，有的慘烈，有的哀傷，有的號哭，不一而足。

到了猜王所說的最後關頭的那一天，天還沒有開始亮，溫寶裕就緊張之極，不斷抹着汗，口中喃喃自語：「大限到了！大限到了！」

我和陳耳給他吵得沒有法子休息，溫寶裕也亟需說話的對象：「藍絲說，今天，日出之前，史奈若是還得不到那女人，鬼混降就煉不成了，所以，日出之前，史奈必然會親自出馬！」

他說到這裏，連連吞咽着口水：「史奈大師一出馬，藍絲就會落到他的手裏！」

溫寶裕神情黯然之至，聲音哽咽，再也說不下去。

我們都盯着熒幕看，皇宮前十分冷清，距日出還有三十分鐘左右，史奈大師應該已經發動了！可是為什麼一點迹象也沒有？

隨着時間一分鐘一分鐘過去，我們愈來愈緊張，那五分鐘時間，比五小時還長，然後，是一陣十分刺耳的聲音，自遠而近，迅速傳來，那聲音太刺耳了，以致和它一起發出的汽車聲，反倒被蓋了下去。一輛汽車直駛過來，速度極高，再加上那陣尖叫聲，看來就像是一輛響了警號的車輛。

聲音才一傳入耳，聲波探測儀上就立時現出「極度危險」的警告，可是我們聽了，除了覺得特別刺耳之外，也沒有什麼特別的感覺，或許，特種的高頻或低頻音波，對特定的人才有傷害作用，我們並非史奈大師要對付的對象，就不會受到傷害。

（如果是史奈大師選定要對付的對象，會受到什麼樣的傷害？是五臟迸裂，還是七孔流血？）

車子一到皇宮門口就停下，一個身形高瘦的人自車上一躍而下，黑暗之中，只能看到他雙眼閃閃生光，詭異莫名。

他一下車，所有探測儀的熒幕上，大亂特亂，可知自他身上發出的各種能量，不知強烈到了什麼程度。

陳耳用驚駭之極的聲音說：「史奈大師到了！」

我們可以清楚地看到，史奈大師閉着口，可是那種刺耳之極的聲響，卻又分明是從他身上發出來的，人體除了口部可以發聲之外，我們都不知道還有什麼別的器官可以發出那麼刺耳的聲響來！

他一下車，便直趨皇宮的大門，看他的去勢之快。一定會撞在緊閉的大門之上，這時候，溫寶裕的喉際，發出了「咯」的一聲響。

我知道他為什麼會有這樣的反應，因為我也是一樣，以為在接下來的一剎那間，史奈大師會穿門而過了！

然而，史奈大師並沒有穿門而過，門在他急速來到門前時突然打開，他在門上只打開了剛好容他進去時，「刷」地穿了進去。

那種尖利的聲音，一直在持續着，忽東忽西，聽起來像是在不斷打着轉，而移動的速度之快，難以形容，飄忽之至，聲音是史奈發出來的，真難想像他用什麼樣的速度在移動。

而且他進了皇宮之後，聲音在四面八方移動，分明表示他如步入無人之境，根本沒有人沒有任何力量可以阻止他的行動——這或許是猜王他們故意的，也或許是史奈真有這樣的能力。

一時之間，天地之間，彷彿除了史奈所發出的聲音之外，其他的一切，全部停止了！

一切，其實只不過三分鐘左右，但由於實在太詭異了。使人感到過了極久的時間，好像連旁觀者的心跳和血液循環也進入了停頓的狀態。

然後，刺耳的聲音陡然拔高，令得在車中我們三個人。也陡然顫動了一下，一條看來異樣的人影，自宮門中一閃而出。

那條人影乍一入目，看來十分異樣的原因，是由於他行動太快，根本是兩個人的緣故——一個人拉着另一個人，一閃出宮門，就上了車，車子以近乎瘋狂的速度駛開去，等到車子已駛得看不見了，溫寶裕才叫了出來：「藍絲！藍絲被帶走了！」

也直到這時，我才會過意來，那一閃而出的兩個人，一個是史奈，被史奈拉着手，一起帶出來的那個，是藍絲。

小寶一面說，一面已取出那隻竹盒子來，竹盒子中裝的是引路神蟲，他必須放出引路神蟲，神蟲才能帶領他，去到藍絲所在的地方。

偵察車是密封的，他必須到車外去放蟲出來，所以他一面欠身離座，一面已準備伸手去打開車門，然而，他的手還沒有碰到門柄，車門突然打開來。

車中三個人，誰也沒有碰到門，車門自然是從外面被人打開來的了。那是不可思議的事，車門在裏面鎖上，這種車門的門鎖，當然設計精密之極，怎麼會隨隨便便被人從外面打了開來。

（車子，後來很快就證明確然是戈壁沙漠製造的。他們異口同聲說：絕無可能有人在車外打開在裏面鎖上的車門，絕無可能。

於是，我和他們之間，有了如下對白：

我：三個親身經歷，利用降頭術，或稱巫術，可打開你們設計的鎖！

他們：沒有可能，絕無可能！

我：事實已經發生過，怎説絕無可能？

他們：我們不信！

我：不是你們信不信的問題，而是事實放在那裏，你們非信不可！）

（戈壁沙漠悻然，仍是不信。）

（我的話，並不是我的創作，而是曾一再報道「中國超人」張寶勝的種種異能的記者阿樂説的。）

（事實既然存在，就只有相信一途，可以研究，但不容懷疑！）

車門一打開，一張圓圓胖胖的臉，出現在車門之外。

猜王降頭師！

我們一點也沒有覺察他是如何接近車子的，這已是他第二次展示這種能力了，而且，看來有這種能力的，還不止他一個人，我們立時又發現在他的身後，站着一個十分乾瘦的老人。

那老人的身上，披着一件寬大的麻布袍，雙眼深陷得像是眼眶之中沒有眼珠一樣，深不可測，可是又叫人明顯感到他在看你，和他對望一眼，就生出一股寒意，可怕怪異到了極點。

溫寶裕因為正伸手去開門，所以離車門最近，門一打開，才一看清車外是猜王和那老人，猜王也一伸手，把溫寶裕手中的那竹盒，搶了過去。

溫寶裕來不及驚叫，就想有行動，我看見猜王不像有什麼惡意，唯恐小寶闖禍，一下就抓住了他的肩頭。

這時，在陳耳的一下呻吟聲中，猜王已開了口：「別亂來，你們在這裏一連幾天，已幾乎破壞了我們的計劃，若不是巴枯大師神通廣大，你們也早已遭了殃！」

我和溫寶裕都吸了一口氣（陳耳在那時怕已停止了呼吸）：果然是巴枯大師！

溫寶裕着急：「藍絲她……她……」

猜王有點惱怒：「這時候，你想去看她，不是徹底破壞計劃了嗎？」

溫寶裕和我，都想表示自己的意見，可是巴枯大師一揚手，我們身子震了一震，有一股力量直逼了過來，使我們出不了聲。

巴枯的聲音，聽來十分廣闊，他乾扁的嘴也沒見怎麼動，就有聲音吐出來：「讓他們去，或許有機會把藍絲救出來！」

第十五部

溫寶裕看得癡了

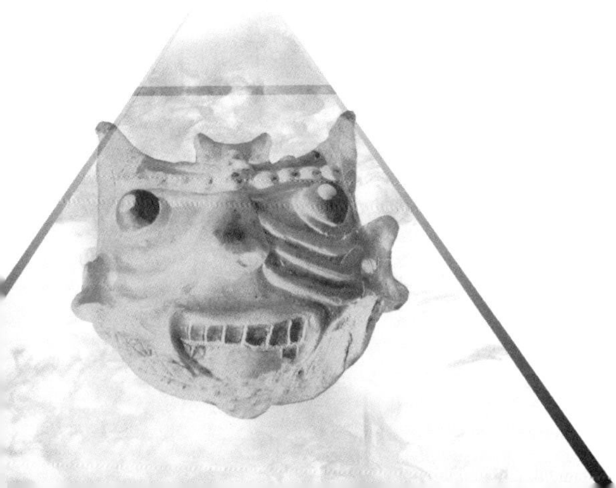

一聽得巴枯大師那樣說，我和溫寶裕，都不禁涼了大半截！

本來，我們就知道藍絲去冒充那個女人，凶多吉少，可是猜王並沒有肯定她一定會怎樣，只是說降頭術的內容十分複雜，可能會有生命危險，也有可能，只是要用到她的幾根頭髮。

可是，如今巴枯大師的說法，卻分明在說，藍絲非死不可，而要使她有一線生機，還得靠我和溫寶裕這兩個外行人去打救，那豈不是九死一生嗎？

溫寶裕的額上，立時滲出豆大的汗珠來，說話也口吃起來：「我們……怎麼能救藍絲？你……求求你，把她救出來，叫我做什麼我都答應！」

他聲音發顫，神色灰敗，在那裏苦苦哀求，我在一旁，大是不忍，他本來何等活潑爽朗，現在卻變成這等模樣，降頭師也未免太可惡了！

可是，在如今這種情形下，我想發作也發不起來，只好按住了溫寶裕的肩頭，給他精神上的支持，同時對猜王道：「以藍絲去假冒的計劃，是你想出來的——」

我講到這裏，頓了一頓，意思自然是：既然是你出的主意，你就應該盡量使藍絲安全！

可是我的話才一出口，巴枯大師已冷冷地道：「一切，全是我的主意，你們去，我有力量，使你們至少可以安全離開，自然，一切都得照我的指示，半分也不能錯！」

溫寶裕還想開口懇求，我已搶先道：「我們對降頭術一無所知，如何去和史奈大師鬥法？」

巴枯的聲音之中，不帶絲毫人類的感情：「正要你們什麼也不懂才好，不然，一接近，立即被發覺，還能做什麼事？」

我想到這幾天，每次有降頭師出現，探測儀都有反應，可知降頭師本身，一定有一種特殊的能量，在不斷發射，他們互相之間，一定可以直接感覺得到，那樣說來，巴枯的話可能大有道理。

我和溫寶裕同時想到了這一點，所以也同時問：「我們如何去？藍絲現在，在什麼地方？」

說着，我和溫寶裕一起出了車子，那時，正是日出之前，天色最暗的時候，只見巴枯大師瘦得像一條藤一樣的身體，筆直地挺着，雙眼之中，有一種異樣的深沉的光彩，先是直視西方，然後，他的身子在緩緩轉動——我注意到他的雙腳，沒有動作，也沒有離地，可是他的身子，卻在緩緩轉動，一直到他轉到了面向東南方時，他才吁了一口氣，眼睛瞇了起來，瞇成了一道縫，有閃閃的光芒，自他的眼縫中透出來，突然開了口，叫着猜王的名字：「想得到嗎？離我們那麼近！他一定是準備煉成了鬼混降，就立刻進入皇宮的了！」

他話說完，伸手向前直指，他的一切動作都是僵直直的，所以看來怪異莫名。

猜王好像受了感應，身子震了一震：「是啊，那麼近，真想不到……那是什麼所在？」

顯然，猜王的功力不夠，他已經知道史奈就在附近（多半是由於巴枯的提示才知道的），可是並不知道史奈所在處的環境怎樣。

巴枯發出了兩下乾巴巴的笑聲：「一個蕉園，他也太狂大了……嘿嘿，太狂大了……」

他說到這裏，忽然向我和溫寶裕招了招手，他那個簡單的動作，像是有不可抗拒的力量，我連想也沒有想，就向他走了過去，溫寶裕緊緊跟在我的身邊，到了他的面前，連望也不望我們，出手奇快，用他那一雙鳥爪一樣骨筋突出的手，在我和溫寶裕的背上，極其迅速地輕按了一下，又立時縮回手去！

我不禁大吃一驚，這個降頭師神通廣大，誰知道他剛才那一下，做了什麼手腳？溫寶裕早已擺出了一副為情犧牲、萬死不辭的姿態，我算是什麼呢？

但是這個念頭，我只是一閃即過，隨即泰然，因為我知道，巴枯如果要對我不利，至少有上千種方法可以根本不必碰到我的身子！

在那一剎那間，巴枯像是看穿了我的心思一樣，口角牽動，向我陰森森地笑了一下，倒又令得我遍體生寒——我絕不是膽小的人，而這一切實在太詭異，全然超越了知識範疇之外的緣故。

在這種情形下，人像是到了一個完全不同的新天地之中，自然也特別敏感。

巴枯又伸手向前：「由此前去，日出不久，你們就可以看到一個蕉園——」

我想說附近有許多蕉園，哪一個才是？可是我還沒有開口，巴枯揚起手來，不讓我開口，他自顧自道：「蕉園中有一個竹棚，竹棚頂上，豎着一面小小的彩旗，竹棚內外都有人，你們不必躲躲閃閃，逕自走進去，但不可走進竹棚之內！」

我十分用心地聽着，因為巴枯曾說過：半分也錯不得！他又不見得肯講第二遍，所以哪敢怠慢，連聽了他的話之後，心中大有疑問也不敢問，唯恐一打岔，就記不住他的話。

（例如為什麼我們可以「不必躲躲閃閃，逕自走進」史奈大師的禁地，事後由於沒有機會再見到巴枯大師，就一直只好假設，而沒有真正的答案。）

巴枯大師忽然又發出了三下不懷好意的乾笑聲，嚇了我們一跳，等到他又說下去，才知道那三下冷笑聲，是針對史奈發出來的，他又道：「到了竹棚外，你們可以清楚地看到史奈煉鬼混降的最後過程，他必然以為自己萬無一失，等他發現自己失敗時，會有極短暫時間的驚愕，你們就要在這一剎那間衝進去，兩個人，一個救人，一個用身子去撞史奈，撞了之後，立刻順方向奔，救了人的自然一救了人就奔，切記兩人不能同一方向，你們可以事後相見！」

他一口氣說到這裏，溫寶裕才問了一句：「到時，藍絲會……在什麼情形之下？」

巴枯閉上眼睛一會：「不知道，鬼混降……太複雜了，我只知道怎麼破壞，不知道煉的時候情形怎樣！」

他說後，忽然大有感慨：「任何事，總是破壞比成功容易多了！」

他說完之後，枯瘦的手，揮動了一下，身形飄飄，向皇宮走去，猜王連忙跟在後面。

溫寶裕見我有點發怔，急得連連推我。我發怔的原因是在想，世事真是難料得很。我們認識猜王，是由於史奈大師的關係。原振俠認識史奈，這才認識猜王的，而如今，猜王和史奈的大對頭巴枯站在同一條線，我們也捲了進去，擔當了破壞史奈行動的角色！

這種複雜之至的關係，豈是當初溫寶裕央求原振俠，請他介紹史奈給他認識時所想得到的！

陳耳直到這時，方從偵察車中出來，他聲音仍然發顫：「我全聽到了……

祝你們成功！」

我向那輛可以說是全世界最先進的科學結晶看了一眼，心中不禁苦笑，我們要去進行的事，沒有任何實用科學的設備可以幫助得了我們，就像是自古以來，只要是生命，這生命必有結束的一天一樣，實用科學再發展下去，只怕也破解不了這個人人都要經歷的生死之謎！

我和溫寶裕齊聲道：「謝謝你！」

事實上，我們的確需要「祝你們成功」這樣的祝福，雖然這是一句十分空泛的話，但在這時候，也很能使人精神得到鼓舞。因為巴枯大師話一說完就走，根本沒有告訴我們，如果我們不能把握這一剎那救人，會有什麼樣的後果！

而對於我們的行動，若是不夠精確，會有什麼後果這一點，我們連想都不去想，如今的情形是：只能勇往直前，不能有絲毫猶豫，若是去設想後果，那一定削弱勇氣！

我和溫寶裕向着巴枯指的方向走，溫寶裕在開始時，還抓着我的衣角，但等到太陽一升起來，他就昂首挺胸，神情堅定，大踏步走着，走出了兩公里左右，已經完全沒有路，只是在田野森林之中，照着那個方向走。

我們也商量好了，自然是溫寶裕出手救人，我去撞史奈大師。

想起要去撞一個遭到失敗，必然怒發如狂的降頭師之王，我不禁心中發毛——這只怕是我一生之中，冒險生活之極了！

溫寶裕多半看出了我的心意，他道：「剛才巴枯大師在我們的背上按了一下，多半已作了什麼法，可以保護我們平安無事！」

我不禁苦笑，我，衛斯理，英明神武了那麼多年，竟然落得要靠降頭術的護祐！

溫寶裕一面說，一面把上衣脫下來，背向着我問：「背上有什麼？」

我看了看，陽光之下，看得再清楚沒有，正常得很，什麼異狀也沒有。溫寶裕還不相信，逼着我也給他看了背部才算。

又走了兩公里左右，已經進入了一片蕉林，溫寶裕陡然吸了一口氣，向前指了一指，看到一個竹棚的頂，在棚頂上有一根小竹竿，上面縛着小小的一面彩旗。

我們並沒有停下來，一直在向前走，蕉林中有些人來來往往，有時，離我們相當近，可是對我們卻視而不見，沒有人來盤問我們。

溫寶裕雖然緊張焦急，可是這時，也不免大奇，悄聲道：「我們成了隱形人？」

我也正在疑惑，可是立時否定了他的說法：「不是，你看，地上有我們的影子，而且我曾有過做透明人的經歷，不是這樣子的！」

（我曾經有過隱形人的經歷，記述在《透明光》這個故事中。）

溫寶裕低頭看了一下，看到了自己的影子，沒有再說什麼，這時，我們已經穿過了濃密的蕉林，看得見那個竹棚了。

竹棚不是很大，呈六角形，每一角都有一根粗大的竹子作柱子。那時，我們距離竹棚大約有五十公尺，不是很遠，看到有不少人正繞着竹棚在走動，距離竹棚的範圍，大約是三公尺。

我把情形敘述得如此詳細，是因為這與一些十分奇異的現象有關。

那竹棚分明絕無東西阻隔，可以肯定沒有簾幕等東西，可是看進去，棚中的情形，都不是很看得清楚，只見朦朦朧朧，影影綽綽，像是在這五十公尺的距離中，滿是濃霧，可是卻分明天清氣朗，陽光普照！

我和溫寶裕互望了一眼，心中都十分焦急。巴枯所說的救藍絲的一線希望，主要是要把握那一剎那的機會，如今竹棚中的情形都看不清楚，如何可以知道什麼時候應該下手，什麼時候不該下手？

可是這時，我們一點辦法也沒有，只好硬着頭皮向前走，漸漸接近竹棚，那些繞着竹棚在走的人，顯然是在巡邏守望，可是我們走近了，那些人卻仍然對我們視而不見。愈是接近，心中愈是緊張，因為分明沒有任何阻隔的竹棚中的情形，仍然看不清楚，而巴枯又吩咐過絕不能先進入竹棚的！

那些守望的人，離竹棚的邊緣範圍（有赭紅色的界線劃着）大約三公尺，我們越過了他們，直來到界線之前。

當時我還在想：如果真的看不清楚棚中的情形，說不得只好拼命闖一闖了。可是才一到了界線之前，本來是極朦朧的一片，突然變得清楚無比，竹棚中的情形，看得清清楚楚。

老大的竹棚之中，只有三個人，和許多古怪莫名的東西，那些東西，自然都是降頭術使用時的道具，也無法一一細述，重要的是那三個人。

三個人之中，我們首先看到的是藍絲，因為她雖然側面對着我們，可是一當我們望向竹棚時，她像是有所覺察一樣，略轉頭，向我們所在處看了一眼，不過立時恢復了原狀，神情漠然。藍絲的頭髮被剃得精光，可是仍不失俏麗。

和她面對面站着的，是一個挺立着的大胖子，毫無疑問，那就是軍事強人，如果降頭術成功，他將成為一個人和鬼的混合體，半人半鬼的怪物！

而這時，強人看來沒有什麼異樣，令人覺得怪異的是，他直挺挺站着，雙眼睜得極大，看不出是死是活，頭髮被剃得精光。

我的視線在他的頭上停留了片刻，立時向溫寶裕望去。溫寶裕曾敘述過強人腦後曾被利簇射進去，後來利簇又從前額透出來的可怖情形，可是這時，只看到他前額和後腦相對稱的地方，都有一個鮮紅色的小圈點，一點也看不到受傷的痕迹。

我猜想，如果他成了人鬼混合體，前額和後腦上鮮紅色的圈點，可能成為他的終生標誌！

他能站，又睜着眼，一時之間，我幾乎以為我們來遲了，史奈已成功了！

接下來再看史奈，才知道他仍然在作最後的努力，他神情又興奮又緊張，繞着挺立的軍事強人打着轉，目光始終盯着強人的雙眼，這時的史奈，目光灼灼，雖然在白天，也可以感到那是十分強烈的眼光，他似乎想用自己的目光，把強人自死亡的深淵之中勾回來，神情十分駭人而且怪異，我又自知身在險境，所以由不得遍體生寒。

史奈大師繞着軍事強人疾走，愈走愈快，陡然之間，他開口講起話來，叫着那軍事強人的名字，叫一聲，已轉了一轉，伸手在強人的頂門上，拍一下，又身子疾退，退到了藍絲的身前，又伸手在藍絲的頭頂上，疾拍了一下。

我相信溫寶裕在一可以看清楚竹棚中的情形開始，視線就沒有離開過藍絲，這時史奈一掌拍在藍絲的頭頂，溫寶裕抓住我手背的手，就陡然緊了一緊，藍絲卻只是眨了眨眼，沒有別的反應，看來也不像是受了什麼傷害。

史奈拍一掌強人的頂門，又拍一掌藍絲的頂門，一直在重複着這個動作，強人一直睜着眼不眨，和藍絲每拍一下就眨一下眼不同。

史奈大師在進行這種怪異的動作之際，急速地在說着話，他使用的語言，是泰國北部一些苗人部落中通行的語言，中國雲南、貴州兩省的苗人，也多有使用這種語言的，我曾下過功夫研究，所以至少可以聽懂九成以上。他幾乎每說一句，就叫一下那軍事強人的名字，又不斷打轉，拍兩人的頂門。

他說的話，我相信溫寶裕一個字也聽不懂，事後，他問我史奈說了些什麼，我胡亂編了一套話，把他敷衍了過去，以免他知道我已明白了他心中的秘密，而感到尷尬——雖然，事情其實不算什麼，但以他這個年齡的敏感程度來說，騙着他，讓他以為這秘密只有他一個人知道，都是好事。

史奈大師說的是：「你聽着，我已把你的鬼魂招了回來，進入了你已死去的軀體，從此以後，你是人，你又是鬼，你不是人，又不是鬼，你是人和鬼的混合，你無所不能，你是人中之鬼，鬼中之人，不論是人界鬼界，你都可以橫行無阻——」

說到這裏時，他已經在藍絲和強人的頂門上，各拍了十七八下了。

他在繼續着：「你看到對面的女人了？她是最後和你親熱的女人，你有精氣留在她的體內，我把你最後留在她體內的精氣還給你，等我一唸咒語，就大功告成了！」

溫寶裕在史奈一說話時，就不住搓我的手臂，想我告訴他史奈在說什麼，可是我只是向他作了一個手勢，要他在我一推他時就衝出去救人。

聽到這時，我已經明白一大半了！

藍絲冒充了那個女人——那個女人才和強人有過親熱行為——藍絲為了不被史奈識穿，她必須也要在最近和男人親熱過。

在這種情形下，溫寶裕擔任的是什麼角色，不是再明白不過了嗎？難怪他一聽得猜王說「你不做，我就找別人做」的時候，急得像一條小瘋狗一樣，他種種的怪異神態，在明白了究竟之後，再回想一下，自然再正常也沒有，一點也不怪異了！

我也知道，史奈在最後一個步驟結束之後，必將面臨失敗，因為藍絲的身內，並沒有軍事強人的精氣！

我由於太專注史奈的話，所以並沒有數他究竟在兩人的頭頂上拍了多少下，只看到他突然住了手，身子也站定了，我把手按在溫寶裕的背上。

只見史奈大師雙眼閃閃發光，雙手迅速作了幾個怪異莫名的手勢，大喝了一聲。

接下來所發生的一切，真叫人畢生難忘，隨着他那一聲大叫，正常的情形應該如何，我不知道，可能是強人陡然跳起來，變成了人鬼混合體，鬼混降大功告成，怪物發出歡嘯聲。

可是這時我看到的卻是，隨着史奈大師的一聲大喝，軍事強人的前額後腦兩個鮮紅色的圓點，陡然變成了極深的深洞，鮮紅的濃血和乳白色的腦漿，一前一後，直射了出來，向前射出的那一股，正好射在史奈的臉上。

也就在那電光石火的一剎那間，我用力在溫寶裕的背上一推，溫寶裕也早就蓄定了勢子，箭一般向前竄出，到了藍絲的身前，一把把她拉住，就從竹棚對面，竄了出去，我在推出溫寶裕的同時，也身形閃動，用盡了生平之力，向史奈大師撞去！

沒想到的是，即使事情出得那麼突然，我的行動又那麼快，絕沒有錯失任何時機，可是還是沒有撞中史奈大師，他的身子一轉，已經避開了我的一撞，而且還順手在我背上，拍了一下。

那一下拍得並不重，可是卻令得我寒毛直豎，我向前衝出的步子十分快，絕無可能再轉過身來撞他第二下，所以我當機立斷，一下子也竄出了竹棚，看到溫寶裕和藍絲向右奔，我就向左奔。

接下來的大約二十分鐘，我只是拼命向前奔，耳際風聲呼呼，想來神行太保戴宗在雙腿上綁了甲馬，作起神行法來，也不過如此而已。

等到我發覺自己已奔到大路上時，那輛偵察車在我身後追了上來，門打開，我跳上了車，駕車的陳耳向我望來，我大口喘着氣，以防胸口炸開來，向陳耳作了一個「成功了」的手勢。

陳耳駕車在路上兜着，又在公路邊上，把疾奔的溫寶裕和藍絲，接上了車子，兩人上了車子之後，癱成一團，可是仍然不忘手握在一起。

陳耳把車子開得飛快，一副視死如歸的樣子，等藍絲緩過氣來，她立即道：「沒有事了，巴枯大師施術，把他們兩人變成了……和植物一樣，人的靈氣全都吹去，史奈根本不知是什麼人做的好事！」

溫寶裕也緩過氣來，望着藍絲：「你呢？」

藍絲笑得極甜：「我更不要緊了，巴枯大師也向我施過法！」她說着，向我望來，我陡然想起，我撞不中史奈，反給他在背上拍了一下，不知主凶主吉，忙把這件事說了出來，藍絲大吃一驚：「你！給我看看！」

我苦笑一下，心想這下好，一世英名，付諸流水了，但繼而一想，總比六個時辰之後化為一攤膿血的好，或許藍絲還可以及時搶救，所以就脫了上衣，背向藍絲，心中兀自忐忑不安，藍絲姑娘卻已咯咯嬌笑：「巴枯大師早替你下了保護降，你怎麼不早說，連我也被你嚇了一大跳！」

我長長吁了一口氣，忙不迭把衣服穿好。溫寶裕在我的面前、不敢公然和藍絲摟着一團，但是那股親熱勁兒也夠瞧的了。

溫寶裕就是在這時候問我史奈大師大聲說了些什麼的，我胡亂編了幾句，藍絲睜大眼望着我，她自然知道我在說謊，而且，也立即知道我為什麼要說謊，所以，她的俏臉，就生出了兩團紅暈來。

溫寶裕早已看得癡了！

（全文完）

衛斯理小說典藏版　76

鬼混

作　　者：　衛斯理（倪匡）
責任編輯：　諾　禧　　常嘉寧
封面設計：　李錦興
出　　版：　明窗出版社
發　　行：　明報出版社有限公司
香港柴灣嘉業街18號
明報工業中心A座15樓
電　　話：　2595 3215
傳　　真：　2898 2646
網　　址：　https://books.mingpao.com/
電子郵箱：　mpp@mingpao.com
版　　次：　二〇二二年八月初版
I S B N：　978-988-8828-21-0
承　　印：　美雅印刷製本有限公司